红嫂故里书系

沂蒙红嫂祖秀莲

■ 王德厚 / 主编

山东城市出版传媒集团·济南出版社

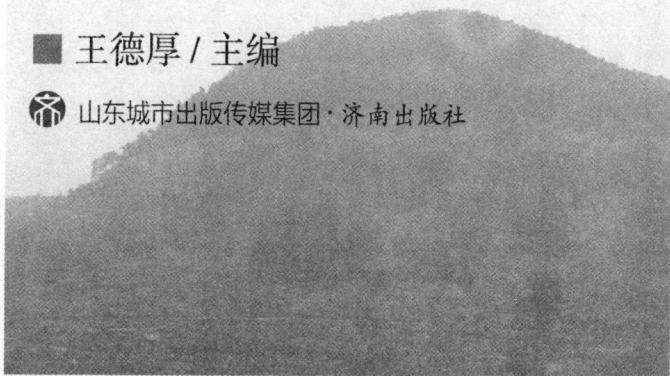

图书在版编目（CIP）数据

沂蒙红嫂祖秀莲 / 王德厚主编. —济南：济南出版社，
2016.9（2024.2 重印）

ISBN 978-7-5488-2362-9

Ⅰ.①沂… Ⅱ.①王… Ⅲ.①报告文学–中国–当
代 Ⅳ.①I25

中国版本图书馆 CIP 数据核字（2016）第 244814 号

沂蒙红嫂祖秀莲　王德厚 / 主编

责任编辑・装帧设计 / 戴梅海　封面绘画 / 王幼平

出版发行	济南出版社
地　　址	济南市二环南路 1 号 250002
网　　址	www. jnpub. com
电　　话	0531– 86131726
传　　真	0531– 86131709
经　　销	各地新华书店
印　　刷	山东百润本色印刷有限公司
开　　本	635×960 毫米　1/16
印　　张	12.25
插　　页	4
字　　数	160 千
版　　次	2016 年 9 月第 1 版
印　　次	2024 年 2 月第 3 次印刷
定　　价	59.80 元

发行电话 0531– 86131730 / 86131731 / 86116641
传　　真 0531– 86922073

《沂蒙红嫂祖秀莲》编委会

主　任　戚树启

委　员　鹿成增　　韩世海　　刘长生　　邱　键

　　　　于化凤　　靳志刚　　朱丽霞　　王林墩

　　　　王伟山　　张希波　　王德厚　　王述文

　　　　刘海洲　　张在召

主　编　王德厚

副主编　王述文　　刘海洲

祖秀莲生平

祖秀莲,又名祖玉兰,1891 年 7 月生于沂水县杏墩子村(今属沂南县)。1915 年嫁到今沂水县院东头镇(1958~1983 年称公社,1984~2010 年称区、乡,之后称镇——编者注)桃棵子村,丈夫名叫张文新,曾生育 1 男 4 女。

祖秀莲较早接受革命思想,拥军爱国。1939 年初,参加了本村妇女救国联合会,和青年妇女一起,磨军粮、做军鞋,积极参加抗日活动。

1941 年秋,日寇调集 5 万多人对沂蒙山区进行"铁壁合围"大"扫荡",在院东头镇境内发生的挡阳柱西山战斗中,八路军山东纵队司令部侦察员郭伍士身负重伤,祖秀莲冒着生命危险将其藏在山洞救治 29 天,挽救了战士的生命,后伤愈归队重返前线。

1942 年 10 月,日伪军 1.2 万余人再次对沂蒙山区进行"扫荡",在此又发生了著名的"仙姑顶战役",在这次战斗中,她不顾个人安危,帮助抗大一分校掩藏文件和物资,并同妇救会其他人员一起积极救护和疏散八路军伤员。

1947 年,郭伍士复员后没回山西老家,而为寻找救命恩人张大娘(祖秀莲)在沂蒙山区安家落户。1958 年,祖秀莲接受郭伍士的请求,与他结成母子关系。

在社会主义建设时期,祖秀莲不顾年老体衰,积极参加集体生产,并多次应邀到各地做传统教育报告。1970 年冬,邻村南墙峪修水库,她不顾 80 岁高龄,去南墙峪村水库工地参加劳动。

1976 年,祖秀莲加入中国共产党。

1977 年 7 月病逝,享年 86 岁。

沂蒙红嫂祖秀莲

祖秀莲与郭伍士

郭伍士（前排左二）
与部队首长和县领导合影

祖秀莲（右二）
参加英模座谈会

京剧"红嫂"扮演者
张春秋看望祖秀莲

部队医护人员
前来看望祖秀莲

山东京剧团演员在红嫂故里体验生活

中国舞剧团演员与郭伍士（中）合影

沂蒙红嫂
祖秀莲纪念馆

让红嫂精神
代代相传

代序/ 宣传红嫂事迹　弘扬沂蒙精神

习近平总书记于 2013 年 11 月在临沂视察时指出："在沂蒙这片土地上，诞生了无数可歌可泣的英雄儿女，沂蒙六姐妹、沂蒙母亲、沂蒙红嫂的事迹十分感人。沂蒙精神与延安精神、井冈山精神、西柏坡精神一样，是党和国家的宝贵财富，要不断结合新的时代条件发扬光大。"总书记的指示得到沂蒙人民的热烈拥护，积极响应，努力践行。

沂水县在革命战争年代是沂蒙山根据地的中心和重心所在地。1938 年，苏鲁豫皖边区省委及随后成立的中共中央山东分局（当年 12 月）驻扎在沂水西北部的王庄，同年八路军山东纵队成立于王庄，1939 年，《大众日报》创刊于王庄，沂水王庄一时成为山东抗战的"小延安"。沂水作为沂蒙根据地的枢纽，不仅因为它有着十分重要的战略地位，更重要的是由沂水党组织建立较早和民众敢于为革命奉献牺牲的觉悟等因素决定的。"把最后的一碗米作军粮，把最后的一尺布做军装，把最后一个儿子送上战场"就是对当年根据地人民的生动写照。在抗日战争和解放战争期间，沂水县涌现出了无数以祖秀莲为代表的红嫂，出现了多个以西墙峪为代表的"堡垒村"，这些红嫂和堡垒村，在敌人连年"扫荡"中，救助和掩护了数以万记的伤病员、部队后勤人员及家属。"红嫂"是沂蒙精神的伟大形象，作为生长在沂水或工作在沂水的人，都以红嫂的故乡人而感到骄傲和自豪。

习总书记不仅肯定了沂蒙精神是党和国家的宝贵财富，还要求我们不断结合新的时代条件将沂蒙精神发扬光大。如何"发扬光大"？我的理解就是大力宣传红嫂的感人事迹，继承她们"爱党爱军""无私奉献"的精神，在全面建成小康社会这一新的历史条件下，勇于开拓进取，艰苦创业，为早日实现中华民族的伟大复兴而努力奋斗！

作为红嫂故乡的沂水县，多年来，一直把红嫂精神作为沂蒙精神大力弘扬、传承；红嫂的光辉事迹和奉献精神一直激励着干部群众不断开拓奋进，经济社会和文化建设都取得了长足发展，从城镇到乡村发生了可喜的变化。2015 年，一座由百余名沂蒙退伍老兵捐资修建的"沂蒙红嫂祖秀莲纪念馆"在红嫂故里桃棵子村落成开馆。此馆的建成，不仅为老区增添了一处爱国主义、革命传统教育基地，也见证了新时代的军民关系仍然像革命战争年代那样鱼水情深。

更令人惊喜的是，沂水县部分热爱红色文化的同志，践行总书记指示，编写集成了这部厚重的书稿《沂蒙红嫂祖秀莲》。作为集中表现某位红嫂的书籍，这还是第一次，可贵、可贺。我相信此书的出版发行，对于进一步传承红色文化，大力弘扬沂蒙精神，必定起到积极的推动作用。

山东省人民政府原副省长、党组副书记
山东省人大常委会原副主任、党组副书记　　张瑞凤

2016 年 8 月 10 日

目　录

第一编·巾帼楷模

红嫂祖秀莲

魏树海

　　自从作家刘知侠为我们塑造了一个沂蒙大嫂救伤员的艺术形象，特别是当这个艺术形象被搬上了戏剧舞台，又进京演出，得到了毛主席、周总理的称赞之后，这位被称为"红嫂"的沂蒙妇女形象更加光芒四射，引起了全国亿万人的敬仰。那句"续一把蒙山柴炉火更旺，添一瓢沂河水情深意长"的唱词，飞遍了全中国，飞向了全世界。从此，"沂蒙山区""沂蒙精神""沂蒙军民鱼水情"……这些词语得到了光大发扬。也正因如此，在方圆数百里的沂蒙山区，到处都在争"红嫂故乡"。于是，这个县说红嫂就是他们县的某某某，那个县说红嫂是他们县的谁谁谁。说起来，这种争抢红嫂故乡的现象，是完全可以理解的，这从另一个侧面，说明了两个问题。一个是知侠同志创造的这个艺术形象，是来自生活的，是真实的，又是非常典型，非常有代表性的；另一方面，也说明，红嫂式的人物，红嫂式的故事，在沂蒙山区，在战争年代，何止千百？各县都有红嫂，各地都是红嫂故乡，这是整个沂蒙的骄傲，是千万沂蒙人民，特别是沂蒙妇女的光荣。

　　当然，沂水县抗战时期作为当时中共中央山东分局的驻地，《大众日报》的诞生地，解放战争时期作为华野司令部驻地，红嫂式的人物和故事，本就不少。特别是当年刘知侠同志又是在沂蒙

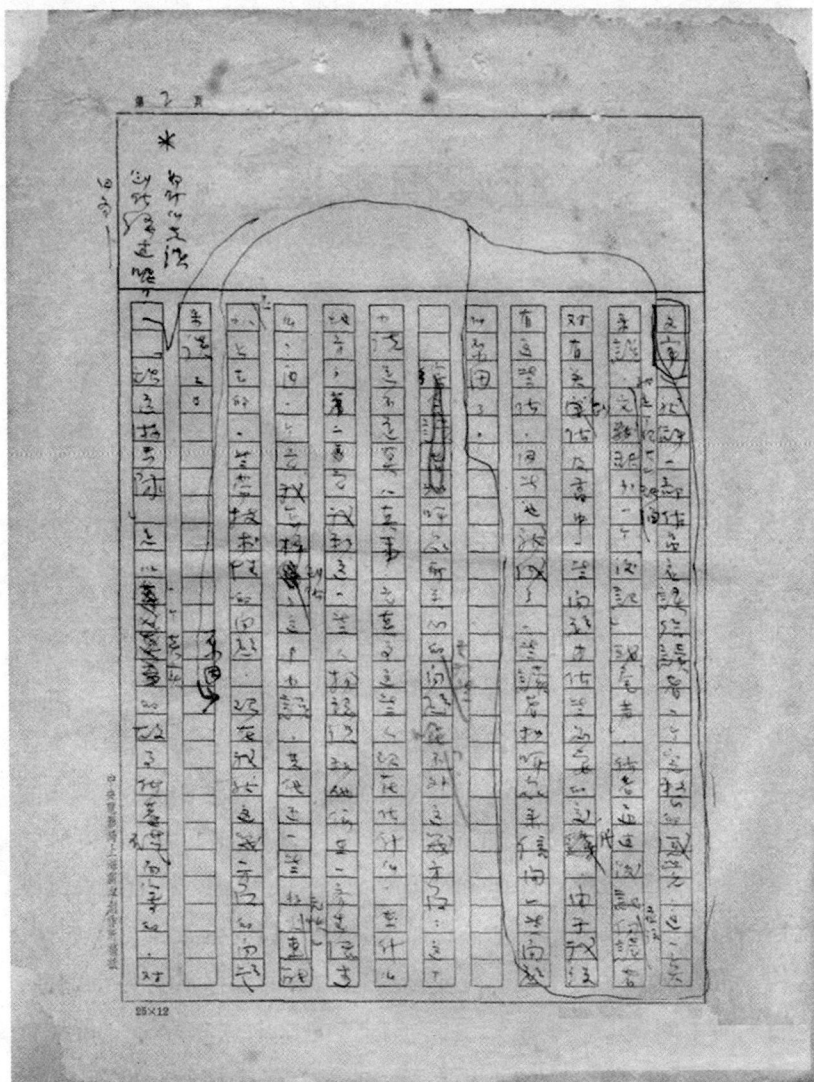

刘知侠手稿

转了些日子（在沂水采访的时间更长些），最后是在沂水县东岭一间屋子住下来，构思写作了优秀作品《沂蒙山的故事》和《红嫂》，沂水百姓自然把沂水最有代表性的一位救护八路军伤员的"张大嫂"（两部作品中分别称红嫂为张大娘、张大嫂，这位现实生活中的模范人物婆家也姓张，当地人也一直尊称她为张大嫂、张大娘）当成是艺术形象红嫂的化身，把她的家乡称为红嫂的故乡，这是合情合理的。

沂水的这位"红嫂",本名祖秀莲(又名祖玉兰)。家住院东头乡桃棵子村。

那是沂蒙军民难忘的 1941 年秋,日寇 5 万人马对沂蒙山区进行"铁壁合围"大"扫荡"。八路军山东纵队司令部有一位侦察员,名叫郭伍士,他本是到抗大一分校学习的,在归来途中被扫荡的日军,一块裹了进来。当时,他与部队来到了沂水县院东头乡的西墙峪一带。部队想往西北方向的甄家疃一带突围,营长知道他干过侦察员,又曾在这一带活动过,就命他到挡阳柱山北坡去侦察一下情况。郭伍士同志顺着山坡往北转,发现几里外的山上都有敌人在活动,七八里外的几个村子都冒着黑烟。就在他刚刚翻过一道沟坎的时候,前边山崖后,突然冒出几个日本兵。他还没有来得及隐蔽,日军就向他开了枪,他的身子猛一震,眼前一黑就倒下了。这时,几个鬼子兵还不死心,跑过来,又朝他浑身捅了几刺刀。

这个情况,被藏在大石头后的一个牧羊人看见了,他是南墙峪村的张恒兰。他在山坡放羊,羊群让鬼子和往山里跑的百姓冲散了,他在满山找他的羊。这会儿,他看到不远处有一位八路军同志被鬼子打倒了,等几个鬼子兵走远了,他急急地走过去一看,见八路军伤员浑身是血躺在那里。他轻声叫了几声"同志",没反应,他还不死心,蹲下身子看了看,见伤员两眼紧闭,一动不动。他伸手摸了摸,发现伤员心口窝还发热,再试了试,伤员还微弱地喘着气。他知道伤员没死,但这时他还不能给他包扎伤口,因为不远处还有鬼子走动。他为了不让后来的鬼子发现伤员,就抱来了几抱谷草把郭伍士盖起来,自己赶快离开了这里。

又过了好一阵子,张恒兰大爷见敌人都去桃棵子村西山了,那里敌人正与八路军交火,他这才又走到了郭伍士身边。

郭伍士醒了,这时他已不知何处受伤,只觉得全身似在火里烧。他失血过多,口渴极了。张恒兰见他伤得最重的地方是肚子上，一个血窟窿露出花白的肠子。张大爷把肠子给他塞进去，用他的褂子把伤口横捆起来。大爷对郭伍士说："同志，你的伤这么重，在野外，我是没法子救你了。你从这里往北，不远那个村叫桃棵子，你去找个住家的吧，那里的百姓，会救你，要不你在这野坡，今夜就过不去……"说着他把郭伍士同志扶起来，把自己手中的放羊鞭交给他，让他拄着，又指了指北边那个村子。

村西激烈的枪声，如同队伍对郭伍士的召唤，这时候，他只有一个想法——找到老乡，包好伤口，找部队去！

这段山路不过二里，要在平日，侦察员出身的郭伍士，喘几口气的空就到了，可是今天，他头上、脖子上、肚子上、胳膊腿上，有七处伤口，其中三处伤是在致命处，这让后来的他和同志们，包括医务人员，都认为这样的伤势在无医无药的情况下能活过来，是人间奇迹！是的，这时候的郭伍士，全身的血快流尽了，他每向前挪一步，都靠的是惊人的毅力和对生命的强烈追求。

他总算到了村口，天就快黑了。他多么想扑进最近的农户，大口大口地喝一阵水！水，是他唯一的、最迫切的要求！那种滋味，只有像他这种流过血的人才体会到。可是，他一连走了几家，家家门锁着。原来村里的老乡全躲进了山里！

他终于看到了有一家的门没锁，闭着，这就说明这家中有人。他拖着身子走过去，用鞭杆吃力地捅开了门。大门内站着一位大嫂，手中端着一个盛着水的盆子。这个人就是后来被沂水全县人，被排演京剧《红嫂》和舞剧《沂蒙颂》剧组的同志称为红嫂张大娘的祖秀莲，一个在当时并没有自己的名字，村里人只叫他"大嫂"的沂蒙山里十分普通的抗日妇女。祖秀莲三个字，是新中国成立后村干部给她起的。还有人叫她祖玉兰，那是叫混了音。

祖秀莲的丈夫姓张，此时他正躺在床上。他病了好多天了，患的是当时没有药物治疗，只等命运决定或死或活的疟疾。鬼子来了，他病重的身子使他无法进山躲藏。他妻子，也就是后来有

祖秀莲在家门口发现了身负重伤的郭伍士（电影剧照）

了自己名字的祖秀莲，在家看护着他。听说鬼子兵最怕疟疾，他们也就不怕鬼子了。

这时候的张大嫂，是端着盆子出来泼水的，门一开，一个血人立在了自己面前，她大吃一惊，盆子当啷一声落在了地上。但是，张大嫂毕竟是经过了硝烟烽火的沂蒙妇女，她从这个血人的衣服上，立即断定这是一位八路军伤员。用她自己后来的话说，"一看就知道是同志"。是同志就要拼上命救！她上去背起这个同志就进了屋。

进了屋的郭伍士，虽然处在半昏迷中，但是他还是一眼看到了锅台上的那把泥壶。他吃力地用手指那把壶，又指指自己的嘴，这时候他只觉得自己的口里喷火。

张大嫂一见他这手势，就知道伤员要喝水。她正要舀水，就听丈夫上气不接下气地说："流了血，不能喝凉水……"她这才想起平日村干部告诉大家："救八路军伤员要注意，刚流过血的同志，不能给他们凉水喝，就是开水，也要放上盐……"

张大嫂很快烧了开水，水中放上盐。她用嘴试一试，水不冷

7

不热了，就打算给伤员饮水。她一看这伤员的嘴，全是一个血洞，怎么让他喝水呢？她想找个匙子，家里没有，只好找来一个酒盅子。她坐地上，抱起伤员舀一盅子水，慢慢往伤员口里倒。可是倒下的水，全流了出来。她仔细看了看伤员的嘴，心里暗叫了一声"老天爷呀！"原来敌人的一粒子弹，从伤员嘴边打进去，打断了几颗牙齿，又从脖子后飞了出去。几颗断牙让血块包着，塞满了郭伍士的嘴。她把盅子放在一边，轻轻把自己的手指伸进郭伍士嘴里，慢慢地把沾满血块的断牙抠了出来。她再舀一盅子水，倒在伤员嘴里，伤员还是咽不下去。这时候，她急得嘴唇发抖，头上冒汗。郭伍士大约觉得水进不了自己的肚子，他又用手指了指自己的嘴。张大嫂再仔细看看，又伸进手往外抠，又一连抠出了几个沾在喉咙上凝固的血块子，再倒上水，水这才流了下去。伤员被"火"快要烧焦了的心，这才遇上了救命之水。这种滋味，也只有郭伍士一人知道，而此时幸福的感觉，也只有张大嫂一人知道。遗憾的是，新中国成立后访问者一再问她，当时你什么心情？她只是一句话："同志能喝进水，俺心里好受了……"

让她最不放心的是，这一夜，把伤员藏在什么地方？西山顶子上，枪还在响，她知道天黑后鬼子会进这村，因为近处无别的村可住。那时鬼子来了，这间草屋，是藏不住伤员的。正在她和丈夫着急的时候，来了三个青年。这三个人，一个是新中国成立后当了村支书、给她起了祖秀莲这个名字的张恒军，一个是人民公社时期当大队长的张恒宾，还有一位是张恒玉。三个青年都是张大嫂本家侄子。他们知道大叔病了白天没进山，就趁鬼子还没回村，想过来把大叔背出去。

"先背同志！"张大嫂说，"越快越好！"三个青年一听也着了忙。张恒军说："对，要不过一会鬼子进村住下，他们肯定一家一户搜。搜出同志，同志保不住，咱们也搭上命，全村也完了！"

可是，把伤员抬到哪里呢？张大嫂对三个侄子说："村西北角有一间柴草屋子，你们先把同志藏在那里，反正天黑了，鬼子也不易找到。"三个人一个在前头探路，两个抬着伤员。刚走出门，张大嫂又把张恒军叫住，说："这个同志半昏迷，外边的事他不大明白，咱们不能把他丢在柴草屋子不管了，今夜你们仨在外看着点，一是怕鬼子去搜，二是怕同志半夜醒过来往外走。"

张恒军他们抬着郭伍士，穿过一个松树林，进了那个平时放柴草农具的屋。三个人摸黑为伤员铺好了柴草，把伤员放下，又给他盖上几件旧衣服和草。张恒军对伤员说："同志你听着，俺婶子叫我告诉你，今夜鬼子很可能进俺村，你千万别出去……"

这些话，是黑影里低声说的，也不知伤员听清没有。其实当时郭伍士就是听清了，这话也不会起作用。一个伤到这个地步，精神处于半昏迷状态的人，什么躲藏、隐蔽，甚至死亡，对他来说都是分不清的概念。他在半昏迷中分清楚的只有一条——找老乡要水喝！下半夜，又一次醒过来的他，终于爬出了柴草屋子，他要进村！找水喝！

伤员才出屋子，就让一直藏在松树林的张恒军、张恒宾、张恒玉三个青年发现了。这时候，在村西打仗打到黑天的几十个鬼子兵，正在村子里支锅做饭。如果郭伍士一进去，那就自己送上了命。张恒军三个人，二话没说，抬起伤员就往北山爬去。北山腰，有一个看山屋，三个人把伤员放在了那里。这里离村二三里路，不易被鬼子发现。

这一夜总算过去了。第二天，鬼子回据点了，三个青年才又将伤员郭伍士抬回到婶子的家里。张大嫂这才仔细看伤员的伤。这一看，这位从未处理过伤员的农村妇女，吓得脸发了白，身子发抖。这么一位个子并不高的人，身上前后上下七个伤口。嘴上、脖子后，伤口还流血，肚子上的伤口，还能看到肠子。现在是两手空空，半点治刀伤的药也没有。她只好烧了热水，放上盐，一点一点给伤员洗伤口。每洗一处，伤员痛苦的咬牙声，她都听到了，她的泪水、汗水都下来了。

包伤口没有干净布了，张大嫂好容易找出了一块白布头。她撕成一条一条，把七处伤口都包好。

伤口包好，伤员精神也清醒了，可是另一个问题来了——伤员吃什么？这一带是根据地，八路军不断来驻扎、路过，村里的粮草大多支援了部队。也正是根据地，也就成了日军扫荡重点，敌人来一次，也就"三光"（杀光、抢光、烧光）一次。又加一连两年大旱，山地几乎颗粒无收。如今虽是秋天，可各家各户，平日吃的多是树叶加糠菜。张大嫂的丈夫病了好几天了，嘴边也没沾点米面。眼前的这个伤员同志，牙被打断了，口里两处伤，别说嚼东西，就是咽东西，也十分困难。她东找西找，用笤帚扫了半天，才在面缸里扫了一把面。她把这点面做成糊糊，一点一点往伤员口中倒，那面糊半流半咽才算进了伤员的肚里。

又过了一夜，她终于想出了法子。她养了一只母鸡，是为了让鸡平日下个蛋，好换点油盐。这会儿她果断地把鸡逮住杀了，熬成鸡汤给郭伍士加营养，这可是连病在床上生死难料的丈夫都没有的待遇。为了让伤员吃上细粮，张大嫂利用晚上纺线，去找富人家换回点小麦面，每顿饭给伤员做面糊糊。做好了，一口一口喂伤员。伤员喝不了的，剩个三口两口，连同锅上沾的锅巴，她用水泡下来，放一点菜煮一煮，给病了的丈夫吃；而她自己，一个人啃糠菜团子。

但是，日子还不安定，敌人三天两头还来扫荡，主要是搜查八路军伤病员和掉队战士。每次敌人来扫荡，村里的人，不是钻山沟就是进地洞。一个重伤员，还有一个病丈夫，张大嫂不可能背两个人钻山沟。村干部知道了，就把村西大卧牛石下他们挖的一个洞子，让张大嫂把八路军伤员藏里边。这个洞子很隐蔽，但也很潮湿。这年秋热，洞中温度还挺高，伤员在里边十分闷热。潮湿、闷热，对健康人来讲没有什么，可对一个重伤员来讲，就十分难熬。由于湿热，又加没有外用药，更无口服药，不几天，伤员几处伤口都感染了，伤员发着高热，不住地要水喝。大嫂把开水装在一个茶水壶里带进了洞，伤员渴了，就一点一点喂他水。

祖秀莲与郭伍士

　　白天进山洞，夜晚回到家，一连几天了。这天在洞里，张大嫂闻到了一股奇臭的味道，这是人身上肉烂的气味，她知道伤口完全化脓了。趁伤员昏睡的时候，她轻轻掀开伤员肚子上的伤口一看，倒出了一口凉气——伤口除了发出令人呕吐的奇臭之外，竟然从里边爬出了蛆!

太阳偏西,鬼子走了,她把伤员背回家,放下。她对丈夫小声说:"怎么办哪,伤口生了蛆……"丈夫长叹了一声,什么话也说不出。这时候醒过来的伤员郭伍士,不知是听到了二位老人说的话,还是高烧与伤痛使他对自己的生命失去了信心。他的泪水流了下来。他说:"大娘大爷,我本是快死的人,我的伤情,我自己知道,别说没医没药,就是在医院里,这么重的伤也不一定能好。你们为我出了力操了心了,你们别管我了,让我死去吧……"

张大嫂听了这话,什么也没说。现在,她想到了一个办法。过去农村各户腌咸菜缸里生了蛆,老人就放上芸豆叶子,那些蛆就会纷纷爬走。她想到这里,飞身出门到了村东菜园里。

虽然下了霜,但因为秋后热,芸豆棵低处的叶还发青。张大嫂采了一些芸豆叶子回到家。她把郭伍士的身子放好,把包伤布解开,露出了一个个伤口。她用棉花把伤口的脓挤出来,就把芸豆叶子用手搓出叶汁,一滴滴落进伤口。这个法子还真有效,不一会,大大小小的蛆纷纷往外爬。祖秀莲高兴得不得了,她在心里对自己说:"同志有救了……"

同志真的有救了,经过二十多天的精心护理喂养,八路军伤员郭伍士的身子一天天好起来。这时候,这一带整个形势也有了好转,扫荡的鬼子回到据点,很少到这一带来了。又过几天,村里干部说:"听说八路军后方医院到了山后中峪村一带,咱们把这位伤员送去吧。"张大嫂一听有了医院,心里一块石头落了地,她连夜为伤员拾掇好衣物,包上饭,张家几个兄弟抬上郭伍士,趁天黑,翻过了一座大山,终于找到了八路军医院。

八路军伤员救活了,归队了,张大嫂也似乎把这件事忘了。

其实八路军伤员郭伍士,并没有忘记救他命的大娘大爷。他伤好后又回了部队,到了1947年,他因负伤多病就转业到地方。他是山西人,1937年参加了东进的八路军到山东。转业了,他对上级说:"山东沂蒙的父母,又给了我第二次生命,山西老家,我也没几个亲人了，我转业就到沂蒙山吧！"不久，他被上级安排到了沂南县，在那里他结婚成了家。

但是，在他心中，桃棵子村的张大娘，才是他真正的母亲。20世纪50年代，当年的八路军伤员郭伍士，自己挑一个卖酒的挑子，翻山越岭，走村串户寻找恩人张大娘，直到1956年找到了桃棵子村，他又看到了这里的一切，想起了自己的再生经过。他先找到了村支书说起了张大嫂当年救自己的事。哪知这位支书就是当年抬过他、藏过他的青年张恒军！张恒军也亲热得了不得，很快领着他找到了张大娘！二人不见面已有15个年头了，风雨飞过，人颜大变，但一位善良的山村妇女，一位为人民赴汤蹈火的八路军战士，他们的心没有变，他们互相抓着手，流着泪，很久很久互相看着。

张大娘为了继续关照这位外地亲人，郭伍士为了晚年孝敬救命恩人，他们相互认了母子，并经上级同意，郭伍士于1958年自沂南迁入桃棵子村，与不是母亲胜似母亲的张大娘同住一村，母子相称。60年代初，作家刘知侠来采访了他们，并以此为线索，以沂蒙众多军民鱼水故事为素材，创作了《沂蒙山的故事》《红嫂》……

岁月如烟，山水有情。如今的郭伍士和他的再生之母，沂水"红嫂"张大娘——祖秀莲，俱已病逝。但他们的精神，他们的风采，依然与艺术形象"红嫂"一样，永不消失。

红嫂，沂蒙山的骄傲

王德厚

　　自 20 世纪 60 年代初以来，在共和国众多的英雄模范人物中，出现了一个让曾经搏击疆场的将士们感动、人民大众称颂的名字——红嫂。这位名扬神州大地，勇救子弟兵伤病员的"红色嫂子"，曾通过戏剧、电影等多种艺术形式红遍全国，给人们留下了深刻的印象。

　　"红嫂"称谓的出现和红嫂事迹的面世，始于著名作家刘知侠先生的作品《沂蒙山的故事》（以下简称《故事》）和《红嫂》。1960 年，时任山东省文联副主席兼山东省作协主席的刘知侠，来到沂蒙山区腹地的沂水县，住在县城东岭苹果园的一间屋子里，开始了他的沂蒙采风和创作。在今天看来，刘知侠那次的采访和"体验生活"是真正接地气的。他为了减少干扰，沉下心来潜心创作，直接把组织关系落到沂水县委，在沂水一住就是两年多。这两年，也正是国家经济最困难时期，但这位从延安抗大毕业的著名作家，甘于吃苦，甚至在吃不饱肚子的情况下，怀着对老区人民的深厚感情，遍访了沂蒙山对革命做出突出贡献的干部群众，然后在沂水果园的那间屋子里不分昼夜奋笔疾书，于 1961 年先后发表了小说《故事》和《红嫂》。

京剧中"红嫂"的扮演者张春秋看望祖秀莲

很明显，《故事》中的张大娘的事迹多来自于现实中的祖秀莲。祖秀莲生于1891年，婆家姓张，大娘原来没有名字，从抗战那阵，在此工作的同志，都叫她张大娘或张大嫂。自从红嫂救伤员的事迹传开后，到桃棵子村走访慰问的党政军领导及新闻记者接踵而来，各地排演《红嫂》舞台剧的演职员也相继前来桃棵子村体验生活，来者大都先讨教大娘的姓名、生辰，为了方便起见，村党支部书记张恒军就为她起了个名字——祖秀莲。其实，对大多数人来说，祖秀莲这个名字还是比较陌生，人们只记住了她是"红嫂"。

《故事》中那位山西籍的八路军侦察员——被张大娘救护的伤员赵大祥，原型就是原山东纵队的侦察参谋郭伍士，因为这位感恩张大娘的山西人退伍后没有回原籍，留在沂蒙山苦苦寻找张大娘报恩，当找到救命恩人张大娘后，毅然来到养伤的桃棵子村落户，给张大娘做了儿子，直到为这位沂蒙母亲养老送终。作品中除了名字，其他情节几乎与现实一模一样。

我们这代人对红嫂的印象基本上是在舞台上了解的，20 世纪 70 年代中国舞剧团排演的《沂蒙颂》拍成电影后，"蒙山高，沂水长……我为亲人熬鸡汤，续一把蒙山柴炉火更旺，添一瓢沂河水情深意长。愿亲人早日养好伤，为人民求解放重返前方"的插曲举国传唱，时至今日，那优美动听的旋律在大街小巷时有回荡。山东省京剧团演出的京剧《红嫂》（后改名《红云岗》），著名京剧表演艺术家张春秋那美丽动人的扮相，炉火纯青的做唱表演还历历在目。其实，艺术毕竟是艺术，现实中的红嫂当年救护伤员到底是个什么境况？带着一股崇敬与渴望，1999 年 8 月的一天，我来到院东头乡桃棵子村，拜访了红嫂的乡亲。

在老支书张恒军家里，我聆听了这位 83 岁老人讲述的昨天故事，那情景，那真情，以往在戏里或书中是无法感受到的。

那是 1941 年深秋，日本侵略军纠集重兵，连续对沂蒙山区进行了一次次野蛮大扫荡。一天下午，在家伺候生病高烧的丈夫的祖秀莲，出大门泼水时，发现自己家门口躺着一个"血人"，是个受了重伤的年轻人，裸露的躯体上有数处枪伤和刀伤，由于流血太多，伤者已人事不省。祖秀莲仔细辨认了一下，看面孔不是本地人，但从先前挡阳柱山方向传来的激烈枪炮声判断，这应是自己队伍上的人。她用尽力气把伤员扶进屋里，为伤者正在流血的伤口做了简单的包扎。她知道，人失血后必然干渴，于是生火烧了水，待凉到不冷不热时将水送到伤员嘴边，但奇怪的是喂了几次都没咽下去。祖秀莲急了，把手指伸进伤员嘴里探了探，天哪！原来被子弹打落的几颗牙齿和凝固的血块，结结实实地堵满了口腔和咽喉。祖秀莲含着眼泪，用手指抠出了一大摊血块和四五颗牙齿，给伤员喂上了半壶温热的山泉水，伤员渐渐恢复了知觉。

这位被祖秀莲大娘救下的伤员正是一位八路军。他叫郭伍士，是八路军山东纵队的侦察参谋——《红嫂》剧中的侦察排长。在那天挡阳柱战斗打得最激烈的时候，他奉命来桃棵子一带侦察敌情，在挡阳柱山后遭遇另一股敌人，因敌众我寡，被鬼子击中五颗枪弹后倒下了，在他倒下以后，一队鬼子又上来朝他的肚子捅了几刺刀。没想到如此重伤的人竟以惊人的毅力爬到了桃棵子村里，并在他气力耗尽、奄奄一息之际，遇到好心的大娘。

祖秀莲大娘把伤员郭伍士藏在家里，像对自己的亲生儿子一样精心呵护着，在日伪军经常出没扫荡的情况下，为了伤员的安全，在本家侄子张恒宾、张恒军等人的帮助下，曾先后为伤员更换过好几个隐蔽处所，但这些地方都容易被敌人发现。后来，她想到了半山腰隐藏在杂草灌木中的山洞，就把郭伍士转移到山洞里。治疗需要药物，需要营养，祖秀莲以割草打柴为掩护，上山采集草药治伤。但毕竟伤得太重，几天后，郭伍士感觉肚子上的刀伤疼痛难忍，祖秀莲解开带子一看，简直惊呆了：伤口里面生出了许多乱爬的蛆虫！怎么办？情急之下，她想起了平时腌咸菜时在缸里用芸豆叶子灭蛆的办法。已是深秋时节，地里已无鲜活芸豆，她好不容易从邻居家的芸豆架上找来几片半干的芸豆叶，夜间把郭伍士接回家里，给他清洗了伤口后，把芸豆叶子汁滴到郭的伤口上，这个办法果然奏效，大大小小的蛆虫都被引出了伤口。为了不让伤员挨饿，祖秀莲曾求亲告友，借粮借钱，夜晚通宵纺线，卖了换回些米面菜蔬，确保每天两次为伤员送去热乎乎的饭菜，而自己和家人宁肯挨饿。我们在戏剧、电影上都看到了红嫂为伤员熬鸡汤那难忘的一幕。当时的情况是，祖秀莲家中只有那一只老母鸡，因为指望它下蛋换点油盐，所以，大娘视其为宝贝疙瘩，连外出躲鬼子都是抱在怀里的。为了给伤重体弱的郭伍士增加营养，她毅然将鸡杀了熬成浓浓的鸡汤，一勺一勺喂进伤员嘴里。

二十多天后，伤员郭伍士已能站立起来，他决意告别大娘找部队去，张大娘劝他不要着急，等找到我们队伍的下落时再走不迟。过了几天，当打听到八路军野战医院驻在离此不远的中峪村时，在一个漆黑的夜晚，祖秀莲找上她的几个侄子抬着郭伍士，在夜幕的掩护下送到这家医院。郭伍士在这里得到进一步治疗，很快康复归队，以后他随部队南征北战，屡立战功，直到解放战争时的1947年复员。

然而，故事到这里并没有结束，战争年代的鱼水深情又演绎出新的感天动地的故事。

20世纪50年代初的一个秋日，桃棵子村来了一位操山西口音的卖酒汉子，人们发现，这卖酒人并不好生照应买卖，只是不断地打听一个人，一个给了他第二次生命的恩人——张大娘。此人就是在这里养伤一个月的侦察员郭伍士，原来他是以卖酒为名，漂泊四乡寻找"母亲"来了。他向村支书张恒军拉起了寻人经过。郭伍士说他本是山西人，参军后随东进部队来到沂蒙山区，沂蒙人民的高尚品格和无私奉献的精神，深深感动了他，特别是给予他第二次生命的沂蒙母亲张大娘一直没找到，因此在退伍转业时毅然选择了沂蒙山。几年来，他一直在苦苦寻找，可养伤时天天藏在山洞里，离开大娘时又是在深夜，已记不清确切地点，沂蒙

"好红嫂，永难忘"

纵横八百里，要寻找一个人绝非易事。为了找到大娘，报答大娘的救命之恩，他挑起了酒篓云游沂蒙寻找亲人。到底是功夫不负有心人，1956年的一天，终于在沂水县的桃棵子村找到了救命恩人张大娘。时间到了1958年，郭伍士正式来桃棵子村落户，与祖秀莲结成母子关系，从此以后，他像亲儿子一样孝敬"母亲"，直到张大娘1977年7月病逝。

在老乡的引领下，在红嫂故居东北部一处坡地的万绿丛中，我找到了红嫂墓。在长满蒿草、开满五颜六色小花的坟前，立着一块灰色的青石墓碑。我记住了碑文中的两句话："战争年代的红嫂，建设时期的英模。"这个评价是当之无愧的，据沂水县史料记载，抗战时期祖秀莲不顾个人安危，帮助抗大一分校掩藏文件和伤员，并同妇救会其他人员一起积极救护和疏散八路军伤员；在社会主义建设时期，祖秀莲不顾年老体衰，积极参加集体生产劳动。在老人家病逝的前一年，终于实现了她的愿望，加入了中国共产党。

这就是现实中的红嫂。她虽是一个普普通通的山里人，一位普普通通的农家妇女，但她又是一位具有坚强革命意志和高尚情怀的伟大女性。她的事迹虽无惊天动地之举，却足以让每一个善良的人为之感动。可以说，不论现实中的红嫂，还是艺术形象的红嫂，长城内外大江南北都认识了她，并认识了红嫂的故乡沂蒙山；她的崇高的精神，也早已融入中华民族的精神血脉，并得以传承弘扬。这是沂水人民的骄傲，是沂蒙山的骄傲。作为红嫂的同乡，我们更应该永远记住她。

红嫂精神　感动中国

王述文

革命战争年代，沂蒙山根据地有 120 多万人拥军支前。男人们推小车、抬担架随部队奔赴前线，妇女们则忙着筹军粮、做军鞋拥军支前。更有众多"红嫂"以不同方式救护、掩护我军伤员和抗日志士。"红嫂"成为众多革命妇女的代名词，"红嫂"事迹传遍天下，"红嫂精神"感动了中国。

两位老师的虔诚追寻

发生在革命战争年代的"红嫂"的故事虽已过去了半个多世纪，但人们至今并没有淡忘，特别是近些年来，红色文化悄然兴起，人们又开始注视那个惊天地、泣鬼神的革命战争年代，许多有识之士更是虔诚地像挖掘金矿一样发掘着那闪闪发光的精神宝藏。这其中，临沂大学的黄立宇、李成桂两位老师就是典型的代表。就是他们，利用教学之余，历时 7 个多月，奔波 25000 余公里，踏遍临沂市九县三区及周边的日照、莒县、沂源、赣榆等县市，寻访"红嫂"及已故"红嫂"的后人，收集了见证红嫂故事的实物 100 多件，拍摄了大量有关沂蒙红嫂的图片、音像资料，整理出了许多鲜为人知的感人故事。

在沂水县院东头镇桃棵子村，黄立宇一行再次专访了"红嫂"的优秀代表祖秀莲的故事。

1941年，日本侵略军对沂蒙山区抗日根据地实行大"扫荡"。八路军山东纵队司令部侦察参谋郭伍士执行侦察任务时，在桃棵子村南身负重伤。祖秀莲把晕倒在家门口的郭伍士架进屋里掩护起来，第二天，又将其背到山半腰的一个山洞里藏起来。此后，祖秀莲每天给郭伍士喂水喂饭，还把自家养的唯一一只母鸡杀了，熬鸡汤给郭伍士补养身子。郭伍士养好伤后，重新走上了抗日杀敌的战场。

1947年，因是二等乙级伤残，部队安排郭伍士复员。征求意见时，郭伍士没有选择回原籍山西省浑源县小道沟村老家，而是要求留在沂蒙山区安家落户。于是，组织上安排他在条件较好的沂南县隋家店子落户并成家。1958年大搞水利建设时，国家要在沂南县修一座万松山水库，隋家店子村正好在水库底。上级号召村民自己选择，投奔亲友进行安置。这时，郭伍士想到救命恩人祖秀莲，他于1956年在沂水县桃棵子村找到了老人家，可觉得自己还有大恩未报，就毅然选择到祖秀莲所在的沂水县桃棵子村落户。1958年春，他带着老婆孩子从50多里外的隋家店子来到桃棵子村，正式认祖秀莲为母亲，同祖秀莲一家生活在一起。那些年，郭伍士对祖秀莲像亲娘一样伺候，每月都从残废金里挤出一部分给老人用。上级供应给他的花生油，他也都分一份给祖秀莲，并经常买好吃的孝敬老人。郭伍士的孩子祖秀莲都尽力帮着拉扯。祖秀莲于1977年7月去世，1984年，郭伍士也去世了，家人把郭伍士葬在了桃棵子村南的山坳里，与"祖秀莲墓"不远，依然亲如一家。

祖秀莲救助八路军山东纵队司令部侦察参谋郭伍士的事迹感人至深，祖秀莲也成为千万沂蒙好儿女爱党爱军、无私奉献精神的优秀代表和化身。

寻访结束后，黄老师曾饱含深情地说："沂蒙红嫂的事迹让沂蒙后代子孙备感荣耀和自豪。"从沂蒙红嫂在战争年代和和平建设时期所做的奉献，他深深体会到沂蒙红嫂这几个字的沉甸甸的分量，体会到"红嫂精神"就是：忠诚、博爱、自强、奉献。

红嫂精神感动中国

被红嫂故事和精神感动的岂止黄立宇、李成桂两位老师，回顾近代七八十年来的革命历史，人们可以看到："红嫂"精神深深地感动了中国。

20世纪60年代，著名作家刘知侠在沂水县院东头公社桃棵子村采访，他被红嫂祖秀莲的事迹感动得热泪盈眶。在沂水县城东岭果园那间小屋里，他饱蘸深情地写出了中篇小说《沂蒙山的故事》，故事中写了三位为革命做出突出贡献的人物，其中之一的张大娘的原型便是桃棵子村的祖秀莲，那个山西战士赵大祥的原型就是郭伍士。刘知侠的小说《沂蒙山的故事》发表后，感动了成千上万的读者，在全国引起了强烈反响。

1964年3月，刘知侠将《红嫂》改编成京剧，省文化局组织戏剧家、音乐家对剧本和唱腔进行了精心修改，使《红嫂》成了一部精雕细刻的工艺品。令人惊喜的是，在全国"京剧现代戏观摩演出"大会上，京剧《红嫂》获得文化部优秀剧目奖，一炮打响，誉满京华，前来报名学习《红嫂》的院团络绎不绝，最后竟增加到56个，创全国之最。就连全国著名的京剧表演艺术家关肃霜、赵燕侠、刘秀荣、吴素秋也慕名而来。从此，红嫂这一感人形象更多地出现在舞台上、银幕上和文学作品里，红嫂的英名和红嫂精神迅速传遍神州大地……

更令人激动的是，1964年8月12日晚上，在北戴河灯火辉煌的礼堂内，在一阵热烈的掌声中，毛泽东、朱德等党和国家领导人在服务人员的陪同下步入演出现场，他们要观看现代京剧《红嫂》。

毛泽东坐在中前排藤椅上，一边慢慢地吸烟，一边聚精会神地观看。当红嫂唱到《熬鸡汤》的二黄慢板时，毛主席停住了吸烟，眼看着字幕，手打着节拍，体味着唱词与唱腔的含义。演出结束，毛泽东同朱德走上舞台，同演员们一一握手。当握到"红嫂"的手时，毛泽东轻轻地说了声："谢谢。"记者们快门一动，拍下了这个有历史意义的镜头。后来，毛主席又对京剧《红嫂》作了"玲珑剔透"的评价，并指示：《红嫂》这出戏是反映军民鱼水情的戏，演得很好，要拍成电影，教育更多的人做共和国的新红嫂。

第二天，《人民日报》等各大报刊，都在头版头条发表了毛主席接见《红嫂》剧组的消息及照片。从此，祖秀莲因为是沂蒙红嫂的主要原型而声名远扬，前来到访慰问的干部、军人、文艺工作者络绎不绝。

1964 年 8 月 12 日，毛泽东主席和朱德委员长在北戴河接见现代京剧《红嫂》中"红嫂"的扮演者张春秋等演员

京剧《红嫂》进京演出成功后，中国舞剧团将"红嫂"故事改编成舞剧《沂蒙颂》搬上舞台。在此之前，中国舞剧团《沂蒙颂》剧组70余人亲临沂水县体验生活，拍成电影后在桃棵子村举行了首映式。"蒙山高，沂水长……我为亲人熬鸡汤。续一把蒙山柴炉火更旺，添一瓢沂河水情深意长……"影片中那脍炙人口的插曲《愿亲人早日养好伤》响彻沂蒙，响彻中国。《沂蒙颂》把沂蒙红嫂搬上了舞台，请上了银幕，让全世界都知道了这个可亲可敬的称呼，这位最伟大的母亲，还有伟大的"红嫂精神"。

20世纪70年代，京剧《红嫂》改名为《红云岗》，1976年拍成电影，同样给人们留下了难以忘怀的历史记忆。两部戏拍成电影后，"红嫂精神"传遍四方。祖国各地各行各业的人们纷纷来到沂蒙，来到祖秀莲的故乡——沂水县院东头公社桃棵子村看望、采访祖秀莲老人和郭伍士，倾听他们讲述当年发生的故事，挖掘"红嫂精神"的内涵，使"沂蒙红嫂"这个名字家喻户晓，成为沂蒙人民爱护子弟兵的女性的广泛称谓，将红嫂精神铸成一座巍峨的历史丰碑。

红嫂精神在新时期焕发出新光彩

如今，半个多世纪过去了，当年的"红嫂"有的已经故去，有的到了耄耋之年，但红嫂精神并没有被当作历史文物封存起来。沂蒙人民发扬"红嫂精神"，积极投身沂蒙老区的经济建设社会发展，使"红嫂精神"成为激励一代又一代人勇于奉献、报效国家的宝贵精神财富。

2013年11月25日，中共中央总书记习近平在山东考察时指出：在沂蒙这片红色土地上，涌现出无数可歌可泣的英雄儿女，沂蒙六姐妹、沂蒙母亲、沂蒙红嫂的事迹十分感人。沂蒙精神与延安精神、井冈山精神、西柏坡精神一样，是党和国家的宝贵精神财富，要不断结合新的时代条件发扬光大。

此后，对沂蒙革命老区开展帮扶活动的"沂蒙红嫂专项基金"设立，投入2000万元人民币，主要用于对沂蒙贫困母亲、贫困家庭提供生活帮助、生产扶持，慰问沂蒙革命老区的老红嫂、老模范、老典型，保护、传承和发扬沂蒙红嫂精神。

2013年11月27日，"中国梦·沂蒙行·红嫂情"系列公益活动也在临沂正式启动，中国妇女发展基金会向沂蒙山区捐赠价值350万元的药品、医疗器械及钢琴，向老红嫂捐赠200床羽绒被，对"沂蒙红嫂""道德模范""临沂好人"等进行表彰奖励。中国妇女发展基金会副理事长兼秘书长秦国英表示，设立"沂蒙红嫂专项基金"是妇基会参与先进文化和社会主义核心价值观建设的具体举措，除帮助老区贫困母亲外，妇基会还将努力向公众传播好"沂蒙红嫂精神"，使之发挥当今时代女性精神的引领作用。十届全国人大常委会副委员长、中国关心下一代工作委员会主任顾秀莲也说，沂蒙红嫂是中国女性的杰出代表，这个群体所展示的精

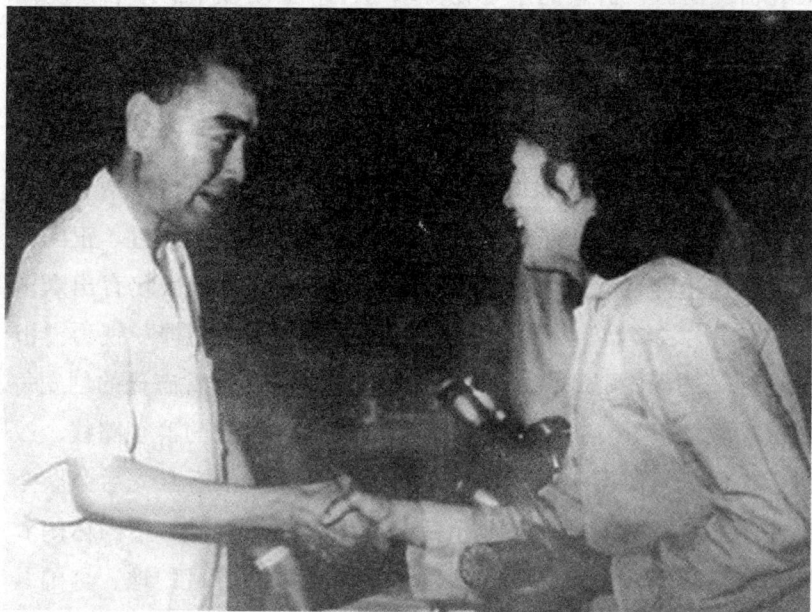

周恩来总理接见"红嫂"扮演者张春秋

神力量影响了一代又一代人，要通过传承和实践好沂蒙红嫂精神，践行好习近平总书记关于弘扬沂蒙精神、让老区人民生活得更幸福的嘱托，更加密切党同人民群众的血肉联系，将宝贵的精神财富转化为加快改革发展建设步伐的坚实动力。

为了使伟大的红嫂精神得到弘扬、传承，2013 年，沂水县院东头镇桃棵子村自发地建起了红嫂事迹展览室，引来了众多的参观瞻仰者。1971 年，原临沂军分区野营拉练部队曾在桃棵子村驻过一个星期。几十年来，这些早已脱下军装的老兵们，对沂蒙红嫂的光辉形象和伟大的红嫂精神念念不忘。如今，他们虽都已退休，但为了发扬和传承红嫂精神，他们自愿捐款，在桃棵子村建起了一座规模宏大的红嫂纪念馆，于 2015 年 8 月正式开馆。他们说：建设红嫂纪念馆的目的，就是为了让更多的人学习沂蒙红嫂无私无畏的革命气概，弘扬爱党爱军、开拓奋进、艰苦创业、无私奉献的沂蒙精神。

在艰苦的抗战岁月中曾经有过这样的说法：山东省抗战的中心在沂蒙山区，沂蒙的中心在沂水王庄。王庄位于沂水和蒙阴两县交界处，是沂蒙山区的中心，东北沂山可望，西南蒙山近在咫尺。中共中央山东分局、八路军山东纵队领导机关、野战医院、兵工厂等都曾经驻扎在沂水，山东省委机关报《大众日报》在沂水王庄创刊。陈毅、徐向前、罗荣桓、朱瑞、黎玉、罗炳辉、谷牧等老一辈无产阶级革命家都曾在沂水战斗过、工作过。正因为如此，这里曾有沂蒙"小延安"之称，革命根据地曾培育出众多的"红哥""红嫂"。沂水县委、县政府把"红嫂精神"视为"沂蒙精神"的深厚资源，大力弘扬"红嫂精神"，以常态化的创先争优活动教育引导党员干部增强宗旨意识，实践党的群众路线，改进工作作风，使沂水经济实现了科学跨越发展。沂水先后荣获全国文明县城、国家现代农业示范县、国家园林县城、全国休闲农业与乡村旅游示范县、千年古县、全国优秀旅游目的地、全国县域旅游之星、全国旅游标准化示范县、国家地质公园、国家生态示范区、山东省旅游强县等称号。

祖秀莲在做革命传统教育报告

　　由沂水县委组织部、县党校、沂蒙风情旅游管委会、临沂润和旅游景区管委会、临沂润和景观文化有限公司等联合摄制的电影《祖秀莲》于2014年4月份完成制作，5月份在全国各电视台大型网站公开放映，成为党的群众路线教育实践活动的一部生动教材。

　　沂水妇联身为沂水广大妇女的娘家人，更是把红嫂精神视为宝贵的精神财富，视为一代代人传承的精神火炬。近几年，在沂水县妇联的倡导下，全县广大妇女弘扬红嫂精神，意气风发地投入到改革开放的洪流中，成为加快发展、劳动致富的生力军。高桥镇妇联发扬红嫂精神，实施小项目招商，引进了一批适合妇女从事的服装、箱包加工等项目，带动留守妇女实现了在家门口就业，收入迅速提升。同时，她们采取行家带骨干，骨干带基层的办法，大力促进传统手绣的普及与推广，使手绣加工户遍及 37 个村庄。2015 年，该镇手绣艺术再次入选 2014～2016 年度"中国文化艺术之乡"，是全县唯一获得此称号的乡镇。

1989 年 12 月，时任中共中央政治局委员、国家教委主任李铁映来临沂考察教育工作时，专门到桃棵子村瞻仰了祖秀莲故居和"红嫂墓"；1990 年，迟浩田将军挥笔写下了"蒙山高，沂水长；好红嫂，永难忘"的题词。在人们的心目中，沂蒙红嫂永远像蒙山上盛开的鲜花一样美丽。无论过去还是现在，红嫂精神永放光芒！

红嫂——建设时期的模范

王晓明

在沂蒙山区，有这么一群伟大的女性，被人们誉为"红嫂"——在战火纷飞的年代里，她们磨军粮、做军鞋、送情报、站岗放哨、送子送夫上战场，她们冒着生命危险掩护、救护伤员，她们替革命军人养育后代，不惜失去自己的亲生儿女……她们用青春和热血谱写了一曲曲英雄的赞歌，她们用柔弱的肩膀扛起一道道人工桥梁，扛起了一场场战争的胜利，扛出了全中国的大解放。更令人感动的是，新中国成立后，她们仍发扬爱党爱军的光荣传统，转身投入到新中国的建设事业当中。

祖秀莲——就是这些伟大女性中的代表性人物。她是最早被著名作家刘知侠采访，并写进书里的"红嫂"，她英勇救伤员的故事后来又被排成京剧、舞剧，拍进电影、写成歌曲，她的故事成了军民鱼水情深的典型，教育着一代又一代的后人。

所有的人都觉得，她是应该骄傲的，她也是有资格骄傲的，但是她没有。她一生也未享过国家的任何待遇，没伸手向政府要过一点点特权，她始终把自己当成一个普普通通的人，当成一个普普通通的老百姓。她甚至在最困难的时候——吃粮断顿也悄悄地自己忍着。20 世纪 60 年代，有一次县文化馆的一位负责群众文化的同志去采访祖秀莲，正好老人家在吃午饭，只见老人家端着半

山东京剧团的演员表示向老人家学习

碗黑乎乎的东西艰难地下咽着。这位同志近前一看，原来是煮的桃树上坠落的青涩的毛桃。这些只有到秋天才成熟的秋桃，在当时（约六七月份）是又苦又涩难以下咽的。看来大娘家中实在是没粮了，可大娘仍是乐哈哈地和来客热情地攀谈，毫无委屈之言。被感动的那位文化馆的同志，临走将身上仅有的 5 斤粮票悄悄压在了大娘的碗底下。老年时期的祖秀莲，身体不是很好，可照样跟别的人一样在生产队里参加劳动。收麦子的时候天气已经很热了，她带领村里的妇女们在打麦场上掐麦穗、打麦子，为了赶个好天气，常常是白天干了一天，晚上还要挑灯夜战，累得腰都直不起来了，也难得休息一下。到了秋天收地瓜的时候，晚上气温都到了零下几度，可为了让白天刨出来的地瓜尽快晒干，她也坚持着在地里切地瓜，晾瓜干。到了刨花生的时候，她带领生产队的妇女们一起择花生、晒花生……在集体化的道路上，她总是紧跟党和政府的号召。刚开始入社那阵，在大家还犹豫不定的时候，是她第一个报了名，给大家带了个好头。1970年底，邻村南墙峪大队要修建一座水库，这可是造福一方百姓的大好事，附近村里的男女劳力全都出动了，都到水库工地去参加义务劳动。祖秀莲此时已经是80岁高龄的人了，别人怕她身体不好，没有通知她，可她知道后仍坚持让儿子用手推车把她推到水库现场。她说，即使她已经拿不动铁锹，挥不起铁镐，但能到水库现场，哪怕只是搬一块土坷垃，也算是她为修建水库做了贡献，她也会心安。事实比她的预想要还好得多，当80岁的英雄"红嫂"出现在人山人海的水库工地时，整个工地沸腾了，大家被伟大的"红嫂精神"所激励，纷纷写决心书，表示以老红嫂祖秀莲为榜样，苦干一冬春，提前完成这项造福山区人民的水利工程。

当笔者采访祖秀莲当年那些老姐妹时，这些年逾古稀的乡亲们介绍说，祖秀莲在村里为人厚道，德高望重，左邻右舍有什么纠纷都乐意找她给调解，只要她去给说道说道，有错的一方肯定会红着脸低头认错，有理的一方也会大度地笑笑，所有的误会就都过去了，大家还是好邻居。哪一家两口子打架生气受了委屈，也会去找祖秀莲说说，让她给评评理。她的心地非常善良，乐于助人，那时候农村的生活水平低，医疗条件也非常差，大家有个头疼脑热的一般都不吃药，能扛就扛过去了，要是实在扛不过去，也只是找一些偏方

祖秀莲（右二）参加英模座谈会

草药之类的来自己医治。祖秀莲就挖一些草药备在家中，谁要是找她要，她都是有求必应，非常热心地拿出草药来送给他们。

她有 5 个儿女，全部都在农村务农，有人提醒她说，她为国家做了那么多贡献，完全可以找政府要求把子女安排去吃"国库粮"，她听后只是微微一笑，还教育自己的子女说，为国家做贡献不一定非要有什么轰轰烈烈的大事迹，农民种地也是为国家做贡献，一定要本本分分地做个农民，千万别给国家添麻烦。后来，她还动员自己的孙子参军入伍，用实际行动报效国家，传承红嫂精神。

因为她的先进事迹，20 世纪 60 年代末 70 年代初，很多地方经常请她去做报告，只要身体状况允许，每次她都会欣然前往，她说，能用自己的亲身经历告诉大家战争年代的残酷，新中国的幸福，就是她最大的愿望，无论再苦再累她也一定要去。她也因此得过很多荣誉，受到过很多次嘉奖，可她却把这些都当成平常事，回家后该干什么还干什么，从不把荣誉放在心上，因此很多奖状证书也都没保存下来。

1976 年，在祖秀莲 85 岁时，经党组织批准入了党，成为一名光荣的中国共产党党员，实现了她的一个最大的心愿。1977 年 7 月 12 日，身患重病的祖秀莲去世了，享年 86 岁。

一代红嫂永远地去了，她把一生都奉献给了这片生她养她的土地，她以她特殊的身份，在新中国的建设时期，给大家起到了一个很好的模范带头作用，她也因此被誉为"战争年代的红嫂，建设时期的英模"，这荣誉对她来说一点也不为过。

"蒙山高，沂水长，军民心向共产党，红心映朝阳……"伴随着这首久唱不衰的红色歌曲，更多的新时期的红嫂在沂蒙大地上涌现，她们追随着革命先辈的足迹，在建设有中国特色社会主义的道路上，正贡献着自己的力量。

第二编·英雄归来

山西人郭伍士

王德厚

　　自 20 世纪 60 年代以来，人们通过文学、戏剧作品熟悉了一位救护八路军伤员的沂蒙红嫂，至今作为"军民鱼水情"的一段佳话被广泛传颂。但红嫂所救的伤员是谁，后来的情况如何，这也是人们所关心的。作为"红嫂"主要原型的沂水县院东头镇桃棵子村的祖秀莲，救护的是八路军山东纵队侦察参谋，退伍后在桃棵子村落户，与救命恩人祖秀莲结成母子关系的山西人郭伍士。

　　郭伍士，1912 年生于山西省大同市浑源县小道沟村一个贫苦佃农家庭。浑源，以桑干河上游支流浑河发源于县境内而得名，县东南属北岳恒山山脉，山区面积达到二分之一还多，为黄土高原的边缘，自然条件一般。郭伍士家里房无一间，地无一垅，全家住着一口破窑洞，母亲早年去世，靠父亲一人给地主扛活养家糊口，一年到头拼死拼活，交上租子

郭伍士

几乎没有剩余的粮食。郭伍士兄弟四人，他和三个弟弟从小就过着衣不蔽体、食不果腹的日子。作为长兄，郭伍士从十几岁就跟着父亲给地主家干活，小小年纪，锄耧犁耙样样都能拾得起放得下。为了减轻父母的负担，到了青黄不接的季节，连野菜也挖不到的时候，郭伍士还要领着弟弟们外出乞讨。

1937 年初，25 岁的郭伍士打听到离山西不远的陕西延安来了一支穷人的队伍——共产党领导的红军，听说这是一支专门为穷人撑腰打天下的队伍。处在水深火热中的郭伍士，决意要去找红军当兵去。他说服了父母亲，风尘仆仆一路南下，经过一番周折，终于在黄河岸边找到了他要找的红军，实现了当兵的愿望。

就在郭伍士当兵三个月后的 7 月 7 日，日本侵略者发动了卢沟桥事变，抗日战争全面爆发。郭伍士随部队奔赴抗日前线，在太行山区抗击日本侵略者。

郭伍士的家乡浑源县地处晋察冀边区，这里后来成为我八路军的根据地。在此期间，他的三个弟弟接受了共产党抗日救国的思想，一个个先后报名参军，奔赴抗日和解放战场。据郭伍士次子郭文举说，他的二叔在抗日战争胜利后随部队进军东北，在解放战争中不幸负伤，造成身体残疾，后复员回乡；三叔抗日战争中在河北的一次战斗中英勇牺牲；四叔在一次战斗中失踪，从此下落不明。这确是一个革命家庭，老大（郭伍士）、老二负伤致残，老三牺牲，老四战场失踪（至今未见人也标志着已牺牲）。就在兄弟四人在战场上出生入死、为国杀敌之时，他们的父亲因战乱、贫病去世。老人在离开这个世界时，四个儿子还都在战场上杀敌，唯一在家的女儿实在无力殡葬父亲，所以，老人的灵柩一直在家丘着，直到二儿子因受伤致残复员回家后，才为逝者下葬。

郭伍士跟随部队到达太行地区参加了几次战斗后，又随东进部队来到山东，来到沂蒙山根据地。这期间，为了加强山东这个战略要地的抗日力量，党中央、毛主席发出了"派兵去山东"的指示，将一一五师等八路军主力部队派到山东作战，并从延安为山东派来大批的军政干部，支援山东根据地。

郭伍士跟随部队来到山东后，被分派到八路军山东纵队当侦察员，他工作认真、机动灵活、胆量过人，具有一定的侦察技巧，多次完成了对敌侦察任务，受到上级首长的表扬。

1941 年秋，日军纠集 5 万人马对沂蒙山区进行铁壁合围大"扫荡"。郭伍士奉命去抗大一分校学习回来途中，被扫荡的日军裹进了包围圈。郭伍士随突围部队抢占了挡阳柱山后，根据首长的指令去山后侦察敌情，准备从后山转移。在侦察过程中，遭遇到多股日军，因寡不敌众，身上被敌人击中多处，身负重伤。郭伍士忍着剧痛爬到山下桃棵子村，被好心的祖秀莲大娘（也称张大娘，即红嫂）相救。从此，大娘把他藏到西山一处山洞里，冒着危险每天为他送饭和采药疗伤。大娘大爷顿顿吃的是清水煮野菜，而给郭伍士天天送的不是米粥就是面汤，那是大娘每天晚上熬夜纺线换回的一点细粮。为了给郭伍士增加营养，大娘把家里唯一的一只母鸡杀了熬成鸡汤，一勺一勺地喂进郭伍士的嘴里。在今天看来一只鸡没什么大不了的，那时可是一家人指望它下蛋卖钱买油盐的"银行"，大娘躲鬼子时都抱在怀里的宝贝啊！郭伍士的伤口生了蛆虫，大娘将其背回家清洗伤口，用土法灭蛆……在大娘的精心伺候、救护下，奄奄一息的郭伍士身体逐渐好起来了。

日军扫荡结束了，我们的队伍也有消息了，当祖秀莲打听到在本县夏蔚区中峪村驻有我军的战地医院时，大娘让她的几个侄子在一个夜间把伤员郭伍士送到这家医院，在那里得到了进一步治疗。至此，郭伍士在桃棵子养伤 29 天，是祖秀莲大娘给了他第二次生命。

郭伍士伤愈归队后，组织上考虑到他身体的伤残情况，不再适合做侦察员工作，便派他负责看守部队的枪械物资仓库。这项工作在今天和平环境里可能觉得还比较轻松自在，但那时看管仓库的艰辛不亚于战斗部队。因为根据我军游击作战的特点和敌人不断"扫荡"的情况，仓库不能固定在一个地点，要不时地转移、搬迁，因为敌人也在寻找袭击八路军的武器仓库。所以，还要经常与敌人在山里周旋，不时遭遇敌人袭扰甚至发生激烈战斗。由于郭伍士和他的战友的尽心尽力，拼死保护，这个流动中的我军仓库始终没遭到大的损失，为山东抗日战场的最后胜利，为解放战争粉碎国民党军的重点进攻发挥了应有的作用。

1947年，鉴于郭伍士二等伤残的实际情况，组织上批准他复员，经反复考虑，郭伍士决定不回山西老家，留在沂蒙寻找张大娘，报答大娘的救命之恩。复员时郭伍士被安排在沂南县隋家店子村，他分得了土地，很快又娶妻生子，生活过得安定祥和。但是，那位张大娘救他、为他治伤的影子无时无刻不在眼前出现，有多少次在梦里与大娘相见，醒来却泪水涟涟。怎样才能找到救命恩人张大娘呢？因当时在那里养伤时没有问及是什么村庄，仅仅知道大娘姓张（随婆家姓），要在这么大的沂蒙山区找一个人是很困难的。但是，郭伍士已是铁了心，今生今世一定要找到大娘。于是，他挑着一担酒挑子，一边卖酒，一边寻找恩人，直到1956年，在沂水县桃棵子村找到了日夜思念的大娘。1958年，郭伍士携妻带子来到桃棵子落户，与祖秀莲大娘结成母子关系，终生侍奉这位沂蒙母亲，为老人养老送终。

郭伍士落户桃棵子村后，积极参加集体生产劳动，对工作认真负责，很快担任了村党支部委员，并当上了村食堂的司务长。那时全国农村大兴食堂，桃棵子村虽然不大，但因为居住分散，全村办起了三个食堂。郭伍士和张道江二人负责东食堂的管理工作，他坚持原则，认真负责，从不浪费一粒粮食，自己也从不在食堂搞特殊，要求其他人做到的，自己首先做到。由于管理严格，在伙食上做到细水长流，粗细搭配，量入为出，即使在最困难的时候，大家虽吃不太饱（忙时吃干，闲时吃稀），但确保食堂没有断顿，受到社员们的好评。

1960年食堂停办后，村里安排郭伍士与张恒仁看护集体山林。看护山林虽比一般农活轻些，但毕竟是一片近千亩的山林，从西山"八亩地"到挡阳柱，有好几里山路，一天要巡查几个来回，郭伍士拖着伤残的腿，天天奔波在这沟壑纵横的山间，一干就是近20年。

1984年农历正月十三日，72岁的郭伍士辞世。县民政局组织有关部门和桃棵子村群众为郭伍士举行了追悼会，缅怀他为革命、为建设沂蒙所做出的贡献，特别是对义母祖秀莲的感恩、孝敬的美德给予了充分肯定。

2015年4月，院东头镇党委、政府为落户桃棵子村的山西籍抗日英雄郭伍士立碑。碑文如下：

郭伍士（一九一二至一九八四），山西大同浑源人。

一九四一年秋，八路军山东纵队司令部侦察员郭伍士在侦察敌情时与日寇相遇，身中五枪两刺刀，被桃棵子村祖秀莲及家人救起并精心照料二十九天，痊愈后返回部队。一九四七年他从部队退伍，被安置在隋家店子（今沂南县），后来落户桃棵子并认祖秀莲为母亲。他曾写下《人民，我的母亲》，以寄托对祖秀莲的感恩和怀念之情。郭伍士早年参加革命，退伍后不忘报孝恩人，可谓"忠孝两全"，体现了军民鱼水之情，他的精神永远值得人们学习。

中共院东头镇委
院东头人民政府
二〇一五年四月

郭伍士挡阳柱山战斗负伤

山　泉

沂水县院东头镇以西 6 公里处，有一座绵延几华里的横向高山，名为挡阳柱，意即阳光被高山遮挡住了。此山海拔 505 米，属桃棵子村南之山。1941 年 11 月，八路军山东纵队一部曾在此与日军进行了一次激烈战斗，成功地阻击了日军，保证了山东纵队指挥机关与部队转移。被红嫂祖秀莲救护的伤员——山纵侦察员郭伍士同志，就是在这次战斗中负的伤。

1941 年秋，日伪军 5 万余人，在日本"华北先遣军"总司令煨俊六的指挥下，开始对我鲁中抗日根据地进行大"扫荡"。头两天，敌人运用"铁壁合围"战术，将中共中央山东分局、山东战时工作推行委员会、一一五师师部、山东纵队指挥部包围在南北不足 80 里，东西不到 70 里的沂水县南墙峪和沂南县岸堤、依汶、马牧池一带，形势非常危急。

从抗大一分校（当时在莒南一带）学习回来的山纵侦察参谋郭伍士，正好在南墙峪一带遇到一支被敌人圈进包围圈、伺机突围的八路军部队，他就随同这支部队参加了战斗。

11 月 4 日拂晓，日伪军一部奔袭驻马牧池的八路军山东纵队指挥部，在山纵青年团的奋力抗击和山纵一旅一个营的掩护、接应下，机关突出重围，中午前到达南墙峪村。部队和机关人员尚

挡阳柱山

未顾上吃饭，便发现敌人已跟踪而至，且面临南北夹击之势。趁未接火之前的短暂空隙，机关人员与山纵青年团抢占了南墙峪以西制高点——挡阳柱西山。青年团除留少部分兵力作为预备队外，大部分兵力分南、北、西路迎击敌人。山纵青年团——这支刚刚于10月份组建的山纵警卫部队，其成分是八路军一一五师调来的一个营和鲁中各部队抽调的骨干，是一支战斗力很强的部队。下午一时许，敌人向挡阳柱西山发动攻击。在强敌面前，战士们毫不畏惧，大家表现得非常镇定，不到有效距离不开火，等敌人接近了就集中火力把敌人压下去。敌人虽发动了多次进攻，但都被一次次打下去。

眼看进攻的敌人越聚越多，指挥员决定找机会尽快突围出去。当营长得知山纵的侦察参谋郭伍士在此参加战斗时，便立即派人将郭伍士找来，向他下达了去山后侦察敌情的命令。如果山后没有敌人，部队就从北面突围。

郭伍士接到命令，迅速从山顶隐蔽处往山后疾行。挡阳柱山是出奇的陡峭，特别在快到山顶的部位，是直上直下的青石悬崖，平时连当地老百姓都很难从北坡攀上山顶。郭伍士发挥练就的侦察兵本领，在岩石和灌木杂草的掩护下，一会儿便从山顶来到山腰下的山梁，他跳下一个地堰刚刚站定，发现东北方向过来了一队鬼子兵。还没等他卧倒隐蔽，一排子弹飞了过来，有一颗子弹击中了郭伍士的右小腿，这颗罪恶的枪弹，不但打伤了他，弹头还蹦到地堰下的一块大石头上，把石头撞了一个指头肚大小的坑（至今还能清晰可见）。尽管小腿受了伤，郭伍士忍着剧痛又冲下几道地坎，找了个地窝子暂时隐蔽起来，他掏出手枪，向围上来的敌人射出最后的几发子弹，然后迅速把手枪埋在了松软的土中。当他稍露出头观察敌人动静时，被飞来的一颗子弹从嘴里打进他的喉咙，又从脖子贯穿飞出，顿时鲜血从头上脸上喷涌而出，郭伍士一时失去了知觉。穷凶极恶的鬼子继续向他射击，昏迷中的郭伍士又三次中弹，后来还被围上来的鬼子兵用刺刀在肚子上捅了一个大口子，郭伍士因伤重失血过多倒地昏迷了。

不知过了多长时间，生命力顽强的郭伍士醒了过来，醒来的郭伍士顾不得浑身疼痛，饥渴难忍。这时他只有一个信念，得赶快找到老乡，身上伤口太多，鲜血恐怕流不到天黑了。他一只手捂着肚子上的伤口，一只手艰难地撑在地上，一寸一寸向前挪动。如果是平地还好些，从他受伤到最近的桃棵子村住户，全是山坡和梯田，还隔着一条被洪水冲开的深沟。郭伍士当时是怎样带着如此重的伤，爬越了那一个个障碍，过后他也不记得了，心里只想着只要找到老乡就有救了，根据地的人民一定会救他的。

郭伍士爬了大约二里多路，爬到了祖秀莲大娘的家门口。这时，敌人还没走远，出去躲鬼子的乡亲们都还没回来，祖秀莲的丈夫张文新得了疟疾发高烧，根本出不了门，所以老两口没上山躲鬼子。当张大娘出门泼水时，发现了这位八路军重伤员，郭伍士得救了。大娘立即把他扶到家里，给他擦洗了伤口，给他喂水……大娘带领她的侄子们把伤员藏到了西山一个岩洞里养伤，用土法给伤员疗伤。郭伍士在张大娘的呵护下在这里养伤 29 天，奇迹般地活下来并康复归队，重返战场。也就有了后来"退伍寻亲沂蒙山，认母报恩守终年"的感人故事。

祖秀莲大义救伤员和郭伍士感恩大娘相救的感人事迹，被作家刘知侠写进了《沂蒙山的故事》和《红嫂》后，

郭伍士在"藏兵洞"前讲述当年红嫂救他的故事

红嫂救伤员的故事迅速传遍神州大地。《沂蒙山的故事》中赵大祥的原型即侦察参谋郭伍士，也是京剧《红云岗》、舞剧《沂蒙颂》中的那位侦察员方排长。他为报恩不回山西老家而在养伤的桃棵子村落户，视祖秀莲为亲生母亲并为其养老送终，此举同样感天动地。

郭伍士千里寻母

刘海洲

郭伍士，1912 年出生，山西省浑源县人。家中赤贫，伍士是郭家长子，1937 年参加红军，后随八路军东进部队进入山东。在他的带领下，三个弟弟也都当了兵。二弟负伤后致残，复员回了山西老家，三弟牺牲在河北，四弟当兵后战场失踪，至今下落不明。

郭伍士随部队来到山东后，一直转战于沂蒙山区。1941 年在残酷的反"扫荡"中身负重伤，后评为二等乙级伤残，1947 年复员落户沂南县隋家店子，并在当地与一祖姓女子结婚。1958 年移居沂水县桃棵子村，与当年的救命恩人祖秀莲结为母子相望相守19 年，1984 年在桃棵子村病逝。

郭伍士是山西浑源人，他的父母自然就在山西浑源，离家虽有千里，但故乡是不会移动的，如果想探望母亲，回家便是，何"寻"之有呢？郭伍士寻找的母亲，不是他在山西的生母，而是他身负重伤以后，把他从死神那里拉回来的救命恩人祖秀莲！

1947 年，参军整整 10 年、身经无数次战斗的郭伍士复员了。这时摆在他面前的是一个去向选择的问题：一是回山西老家，那里是自己的故乡，有自己的亲人，十年在外，兵荒马乱，家中的情况一无所知，老人是否健在都不知道，他是多么想回到家乡与亲人团聚啊！二是留在沂蒙山区，寻找救助自己的那位大娘，好好报答自己的救命恩人！离开救命恩人6年来，他无时无刻不盼望着回到恩人身边，叫一声"娘"、为她端一碗水啊！经过无数次的思想斗争，他终于决定在沂蒙山区安家落户。他做出这个决定有两个原因：一是沂蒙山区的人民已经解放了，"解放区的天是明亮的天，解放区的人民好喜欢"，但当时的山西还没有解放，自己是解放军干部，又是共产党员，这样的身份回去会出现什么样的情况很难预料；还有一个更重要的原因是，他要留在沂蒙山区，寻找自己的救命恩人张大娘。他清楚地记得，在他伤情好转被几个张家兄弟用花篓抬着离开张家时，大娘那割舍不下的眼神和发自肺腑的叮咛："伤好后一定捎个信儿回来啊！"但是他伤愈归队后，一直行军打仗，再说了，即使有安定的时候，也不知道张大娘居住的村名啊！在张大娘家29天的养伤时间里，为了他的安全，和他同龄的几个张家兄弟白天把他藏在地堰的土洞里，只有少数几个夜晚在需要擦洗伤口时，才把他抬回家中。所以，张大娘居住的村庄叫什么名字，村周围是什么环境，他都不清楚。伤好归队时他是多么希望告诉张大娘一声，但是怎么知道大娘的住处呢？即使离开时大娘没有那句叮嘱，他也想找到大娘，当面道一声谢谢，当面磕一个头以谢救命恩情啊！"现在终于复员了，这片我为之撒过鲜血、也给我二次生命的沂蒙山区终于彻底摆脱了战乱，人们终于可以安居乐业了，我要在战斗过的地方安家落户，我要在沂蒙山区积极参加农业生产，支援全国的解放战争，我要在这里寻找自己的救命恩人，报答她的恩情……"郭伍士就是在这种心境下，选择了沂蒙山区，选择了未来的生活道路。让郭伍士未曾预料的是，他的这一决定，为文学界日后出现一部反映军民鱼水情的伟大作品埋下了伏笔，为一个响亮的名字"红嫂"的诞生做好了铺垫。

1947年，郭伍士复员后，被当地人民政府安排落户在沂南县隋家店子。村里分给了他四亩土地，给他盖了房子，并与邻村的一个祖姓女子结婚生子。郭伍士的生活是安定下来了，但是他的内心却还没有平静下来，他的心里一直有个强烈的愿望，那就是找到那位冒着全家生命危险掩藏、救助过他的张大娘，了却多年来的一个心愿。由于不知道大娘的村名和姓名，也记不清村庄的周围环境，他提供不出任何有用的线索，当地政府没法帮他寻找。后来，他突然想到了一个主意：一边卖酒一边寻找恩人。于是在沂蒙山区的阡陌小道上，经常见到一位挑着一头是酒篓一头是狗肉盆的挑子，操着一口山西腔的买卖人。天长日久，在沂南北部、沂水南部这片山区的无数村村落落里，这个卖酒的异乡人成了一道别样的风景，成了人们茶余饭后经常谈论的一个话题。因为这个卖酒人很特别，他的特别处不在于"撇腔"，而在于"打听"——他每到一个村庄，不是竭力地推销自己的烧酒，而是逢人就问这村有没有个"张大娘"。然后介绍着张大娘的身高模样、年龄和穿戴，为了表达得更清楚，他还一边做着手势一边向人讲述。很多时候，村人听完后根据他的描述，会领他去一户人家，说：这就是你要找的人。他一见面却摇头失望，不是他要找的人，因为身高、年龄差不多的张大娘太多了。也许有人会问：沂蒙山区的张大娘是多，但是救助了我军重伤员的张大娘也很多吗？要知道，那是残酷的战争年代，救助伤员都是极其秘密的行为，就像《红嫂》里描写的那样：红嫂当初在救助伤员时连丈夫"吴二"都是瞒着的。祖秀莲当年救助郭伍士时只有本家几个党员侄子参与，村里其他人当时并不知情。就这样，郭伍士挑着他的酒篓和狗肉，一个村一个村地走街串巷，千里寻母，寒往暑来，年复一年……

20世纪50年代初，郭伍士就像着了魔一样，除了农忙的季节，就挑着酒篓外出寻找着给他第二次生命的母亲。酒，不知道卖出了多少坛；鞋，不知道跑坏了多少双。尽管认识了许多个"张大娘"，尽管一直没有找到那个日思夜想的"娘"，但他痴心不改，他相信，总有一天会找到的。

1956 年的某一天，郭伍士挑着挑子沿着一条山谷向西走去，快到一个村子时，他突然被周围的山形和地貌所吸引，便放下挑子休息。沿着小路向西约 200 米就是一个村庄，村庄坐落在一条深山谷的西边，村子北边、西边和南边都被群山围裹着，山势陡峭，只有一条小路沿着向东南延伸的山岭通向外部。在部队时他当过几年侦察兵，他对观察地形有着特殊的嗜好。看着看着，他的大脑里突然闪现出一个镜头：他身在的这个地方就是当年他负伤的地方！他在激动中再一次细细地观察了一下这个村子周边的山形地势，他的心激动得快要跳出来了——这就是他被鬼子击中并被刺刀连捅了数刀的地方！前面那个村庄就是自己的再生之地！救命恩人就在这个村子里！

郭伍士挑着挑子跌跌撞撞地来到村头，当年他就是连滚带爬地来到这个村子的。作为一名老党员的他，首先找到村里的支书说明了自己的身份和寻母的目的，原来村支书就是当年曾救助过他的张恒军。张恒军领着他径直来到了张大娘的家，一见到自己的救命恩人，他扑通一声跪在了张大娘祖秀莲的跟前，声音哽咽着叫了一声"娘"，便大哭起来。此时的祖秀莲被眼前的一幕惊蒙了，接着她猛然想起了一个人，莫非是他？……她伸手在来人的脖颈上一摸，又低头一看，只见来人脖颈上一块铜钱大的明晃晃的伤疤，祖秀莲已经大致肯定来人是谁了，但她还是不由自主地扒开他的嘴一看——满口的假牙，随着对来人身份的肯定，祖秀莲声泪俱下："孩子，你终于来了！"……

郭伍士千里寻母报答恩情的行动，经过多年的努力，终于有了一个圆满的结果。1941 年秋，郭伍士被祖秀莲精心救护 29 天后，被送往附近的我军野战医院继续治疗，到 1956 年郭伍士再次来到恩人的身旁，时间整整过去了 15 年！这 15 年来，双方都不知道对方的音信，却都在彼此牵挂着。这 15 年来，时势变了，情况变了，唯一不变的是军民的鱼水情，是母子的血肉情。

郭伍士找到恩人后，将张大爷和张大娘认作爹娘。从此，郭伍士不仅在山东沂蒙山有了自己的家，还有了自己的父母。逢年过节，郭伍士都来看望祖秀莲一家。

1958 年，沂南县要在隋家店子修建水库，村民需要搬迁。上级号召每家到自己的亲戚家投亲落户。郭伍士一听这个，比任何人都高兴，因为这正好给了他一个和"爹""娘"一家团聚在一起的机会，于是他申请搬迁到沂水县桃棵子村落户。农民最为宝贵的东西就是土地，尽管桃棵子村的人均土地不多，但桃棵子村民还是高兴地接纳了他。他们说：我们村既然救了你的命，就有你吃的，有你住的。1958 年深秋的一天，郭伍士用一辆手推车，推着所有的家当和 4 个孩子，来到了桃棵子村。桃棵子村人全都是张姓，从此添了一户郭姓人家。郭家虽是异姓，但他是张大娘祖秀莲的义子，所以郭家和张家就是一家人了。

郭伍士一家来到桃棵子村后，村里分给了他们粮食，但当时没有房屋居住，大队长张恒宾将自己的三间堂屋倒出来一间，让郭家居住。郭家的长子郭文科和张恒宾家的孩子张道森睡一个炕上，冬天的夜晚特别冷，张道森和郭文科两个孩子为了各自多盖一点儿，一床窄小的棉被你拽过来我扯过去，打闹不休，像一家的孩子一样，不分彼此。

郭伍士一家在张恒宾家住了三年，直到村里给盖了新房子才搬出去单住。郭伍士来桃棵子村后，就担任村党支部成员，并担任食堂的司务长。他对工作认真负责，粗细粮合理搭配，巧做安排。那时生活困难，粮食有限，他大公无私，分配公平，自己从不多吃多占，很受群众的拥护。后来公共食堂关闭后，村里照顾他身体有伤体力差的情况，让他看护村里的山林。郭伍士孩子多（到桃棵子后又添了两个孩子），就他一个人挣工分，分的粮食少，大队就每年给他补贴一部分工分，让他家分到更多的粮食。

郭伍士在 20 世纪六七十年代的残废补助金每月才十几元。每次领到钱回来后，郭伍士总是买点点心和糖果之类的东西孝敬爹娘。他的妻子有时也有怨言，因为自己的几个孩子都吃不到。对此郭伍士就向妻子解释说："没有咱这个娘，我连命都没有，哪有这几个钱？这钱是咱娘挣的，不是我挣的！"祖秀莲也像亲奶奶对待自己的亲孙子亲孙女那样对待郭伍士的几个孩子。尽管那时生活很困难，每当郭家的孩子来玩，祖秀莲总是把攒在瓢头里准备换盐和煤油的鸡蛋拿出几个来，煮给孩子们吃，这是她唯一疼爱孩子的好东西，尤其是清明节和端午节，祖秀莲总是早早就攒着鸡蛋，过节时煮了分给郭家的孩子们，至今郭伍士的大女儿郭长荣一提起奶奶祖秀莲，记忆最深的就是经常吃到奶奶的煮鸡蛋。"只要奶奶来我家，见了我们就一边笑着一边掀开褂子大襟，把手往口袋里伸，我们姐弟几个就知道又有鸡蛋吃了。"郭长荣深情地回忆道。

母子情深

　　1977 年，世人敬仰的红嫂祖秀莲去世了。自 1958 年郭伍士来到桃棵子，他和母亲祖秀莲母子相守整整 19 年。这期间他们不仅以母子相称，更是以母子亲情相待，这不仅仅是军民鱼水之情，更是亲如一家的血肉深情啊！郭伍士于 1984 年去世，并葬在了桃棵子。郭伍士的几个子女，有的在外地工作，有的在桃棵子务农，他们像桃棵子村的原居民一样，把生命融入了这片土地。如果说"撇腔"的郭伍士还给人有点儿"客居"印象的话，他的子女已经完全是地地道道的沂蒙山人了。

感恩红嫂相救　终生奉献沂蒙

王述文

多少年来，沂水县院东头镇桃棵子村的父老乡亲对红嫂祖秀莲和英雄郭伍士的故事一直念念不忘、津津乐道。2015 年 5 月 14 日，我们到桃棵子村采访，祖秀莲的侄子等几位七八十岁的老人又深情地向我们讲述了抗日战争时期祖秀莲救护八路军伤员和郭伍士感恩红嫂相救终生奉献沂蒙的故事。

1941 年秋天，日本侵略军对沂蒙山区抗日根据地实行大"扫荡"。一天下午，八路军山东纵队司令部侦察参谋郭伍士从抗大一分校返回部队的途中，被裹进了敌人的包围圈，在挡阳柱山上与敌人发生了激烈的战斗。为了冲出敌人的包围圈，营长派郭伍士到挡阳柱山后的桃棵子一带侦察一下。谁知就在他刚翻过挡阳柱北坡越过一道沟坎的时候，突然从前边的一个山坳里转过来几个鬼子，并一齐朝他开枪，郭伍士被 5 颗子弹打中，有一颗子弹从郭伍士的口腔和脖颈穿过，牙齿被打碎了好几颗。郭伍士倒地后，又被赶来的两个恶狼一般的鬼子连刺了几刀，肚子被刺穿，肠子露在了外面，郭伍士顿时失去了知觉。不知过了多长时间，郭伍士从昏迷中苏醒过来，便艰难地朝桃棵子村爬去，当爬到祖秀莲的家门口时，他又一次晕倒了。

那个年代，谁掩护八路军伤病员，被鬼子知道了都得杀头。

当祖秀莲发现门前受伤的八路军伤员时，她顾不得考虑自己会有什么危险，立刻把郭伍士扶进屋里，擦拭了身上的血污，抠出嘴里沾着血块的碎牙，然后给口渴的郭伍士一盅一盅地喂水。

晚上，鬼子又住进了桃棵子村。祖秀莲叫侄子张恒军等人把郭伍士背到村后山崖下的一个大草垛里藏起来。第二天，鬼子走后，祖秀莲烧了盐水给郭伍士擦洗伤口，包扎好后又背到西山半腰一块大卧牛石下的一个洞子里藏起来。此后，她天天躲开鬼子，到石洞里给郭伍士送水送饭、清理卫生。为了使郭伍士尽快康复，她还把自己家里唯一的老母鸡杀了熬成鸡汤，给郭伍士补养身子。

二十多天后，郭伍士的伤口大为好转。这时，鬼子也撤退了，斗争形势开始好转。有一天，传来了一个天大的好消息：八路军一个医院已经驻到了夏蔚区中峪村，那里与桃棵子隔着一座大山，距离只有十多里。他们决定把郭伍士送到八路军医院治疗。临走那天，祖秀莲一再嘱咐郭伍士，以后不管走到哪里，一定捎个信来。郭伍士激动地说：即使走到天涯海角，也忘不了"救命亲娘"。

部队领导与郭伍士合影

郭伍士在医院养好了伤，立即重返部队，奔赴杀鬼子的战场。1947 年，因郭伍士是二等乙级伤残，部队决定让郭伍士复员。郭伍士的老家在山西省大同市浑源县，领导找他谈话时，他说：我在山西老家要饭为生，给地主家扛活，没屋没地，从参军那天起，就打算把一生献给党，献给人民。今天，组织上让我复员，虽然思念家乡的心情是很急切的，但我在沂蒙山区革命多年，舍不得离开这片热土，舍不得离开这里的人民。因此，我希望留在自己的第二故乡——沂蒙山区。领导同意了他的请求，安排他到条件较好的沂南县隋家店子村安家落户，并成了家。

退伍后，过上了安稳日子的郭伍士是幸福的，但每当他想起张大娘的救命大恩还没报，常常夜不能寐。为了找到自己的救命恩人，他便利用农闲时间，挑上一副酒挑子，踏上了寻亲报恩之路，在 1956 年，终于在沂水县院东头镇桃棵子村找到了救命恩人祖秀莲，与祖秀莲结为母子关系。1958 年，上级决定要在沂南修万松山水库，隋家店子正处于水库底的位置，需要移民，郭伍士便带着妻小直接来到桃棵子义母身边，从此在桃棵子落了户。起初，郭伍士一家吃住在祖秀莲家。后来，因郭伍士孩子多，家里实在住不开，便搬到住着三间屋的张恒宾家，两家人一个锅里摸勺子，一住就是三年。1961 年，桃棵子大队给郭伍士盖了房子，他们一家人搬到了新家。

郭伍士刚来桃棵子时，地方上正大炼钢铁，男劳力都到外村干活，郭伍士同村里的男劳力一样出工，当时叫大协作。后来，全村 16 个自然村建起了三个食堂，村民选郭伍士当了他所住的那个片的公共食堂司务长。别看这个官不大，但要求做这个差事的人必须公道，不能有亲有疏，更不能出漏洞。"司务长打他爹，公事公办"是当时最流行的一句话。郭伍士办事大公无私，对百姓一视同仁，从不多吃多占。有一次，有位亲戚来看他，他先向集体打报告，经批准后，再给安排生活，待遇与本村群众一个样。从 1958 年吃食堂，到 1960 年秋天食堂解散，郭伍士做得公公道道道，在村民中赢得了很高的声誉。在那个特殊的年代里，不少干部头脑发热，把本来已刨出来的地瓜，像窖萝卜一样又埋到了田野的土窖子里，结果好端端的地瓜都烂了，致使第二年闹饥荒没饭吃。在这件事上，桃棵子村是个例外，郭伍士是英雄人物，他积极支持村党支部坚持实事求是，防止头脑发热。由此，桃棵子村一边把男劳力派出去参加大炼钢铁和大协作，一边把村里的妇女组织起来，刨地瓜、切瓜干，男劳力到外村干完活回来也接着投入到村里的秋收秋种。这一年，桃棵子村的地瓜都按时刨出来切晒了瓜干储存起来。三年困难时期，桃棵子村的百姓基本没有挨饿。每当想起这一段经历，村民们都竖起大拇指，称赞郭伍士做出的贡献。

郭伍士是个英雄人物，但他从不以英雄自居，天天与生产队的社员们同甘共苦一样干活。吃的是瓜干，就的是咸菜棒，生活十分艰苦，但他毫无怨言。1960 年，村里考虑他是二等乙级伤残军人，安排他当了护林员，负责看护西山"八亩地"到南山挡阳柱那一片近 1000 亩的山林。自从上任那天起，他风雨不隔，起早贪黑，挂着民政部门发给他的单手拐杖，来回巡查在上山下山的小路上、沟沟坎坎的山林间，从不马虎。村里人知道他对革命有很大贡献，心里充满崇敬，谁都不愿给他找麻烦。而他对看护山林更有一份特别的感情，特别是每次当他来到挡阳柱山坡时，就会想起 1941 年秋那场殊死的战斗。他常想：自己看护的这片山峦是圣土，为了不让日本鬼子

郭伍士当选人大代表

染指蹂躏，自己曾为它抛头颅，洒热血，拼着性命去保护；今天，自己担负的任务是看护这片光秃秃的荒山尽快绿化，因此，荒山就是阵地，自己就是坚守阵地的战士，他深感肩上的责任重大。他还认为：一座山是穷山恶水还是金山银山，关键是看山上有没有树木。山上没树没草，就是穷山恶水；有树有草，就是金山银山。头几年，山上树小，看山与其说是看树，不如说是封山育草，防止有人扒山皮，造成水土流失。郭伍士对看山的事非常用心。他说："栽棵树不容易，我一个当过侦查员的看不好，叫人笑话，也对不起集体。"工作中，他以高度的责任心，严格管理，不徇私情。群众看他认真负责，称赞说："凡是当过兵的，干什么都大公无私。" 1976 年，那条受伤的腿疼得越来越厉害，他不得不离开了护林员的岗位。退下来时，他所看管的 1000 多亩山林树木生长茂盛，森林覆盖率达到 70% 以上，成为沂水山区林业发展的一面旗帜。

郭伍士虽然享受红军待遇，但国家困难的那些岁月，待遇并不高。二等乙级伤残一年只能领到 136 元钱，这样的待遇一直持续到改革开放初期。期间，郭伍士也曾享受到国家的优抚政策，即他可以拿在生产队分配的瓜干到乡镇粮管所换大米和小麦面粉。对此，他想到村里还有那么多受穷的百姓，觉得自己的待遇已经很高了，很满足。上级供应给他的花生油，他每次都拿出一点送给祖秀莲，还不断买好吃的孝敬老人。国家定时发的那点钱，郭伍士也同时给老人几块做零花。逢年过节或遇祖秀莲生日，郭伍士都给老人送节日礼物。祖秀莲不吃肉鱼，郭伍士就提二斤挂面、弄点青菜给她送去。祖秀莲把煮熟的鸡蛋，染成红皮，作为喜庆礼物分给孩子们，一家人互相关爱，其乐融融。后来，郭伍士以自己的亲身经历，写了一篇《人民，我的母亲》的文章在报纸上发表，表达他对救命恩人的感激之情，情真意切，读后催人泪下。这些年，郭伍士有功不居功，而是同桃棵子的百姓一样艰苦奋斗。他说："母亲祖秀莲 80 多岁了，还到挡阳柱山前的南墙峪水库工地上劳动，被群众誉为'战争年代的红嫂，建设时期的英模'，自己也应该像母亲一样，有一份热，发一份光。"

郭伍士1938年入党，是桃棵子村最早的党员，又在革命战争的熔炉中经过了出生入死的考验，革命立场坚定、对党无限忠诚。他来到桃棵子村后，经过党员投票，镇党委批准，桃棵子村党组织及时地将他选进了党支部领导班子，增强了党支部的战斗力。多年来，桃棵子村党支部重视党的建设，积极培养发展党员、充分发挥党支部的战斗堡垒作用和党员的先锋模范作用，为小山村的持续发展起到了核心领导作用。桃棵子村党支部连年被评为县、镇先进党支部，村里各项工作一直居于先进行列。

郭伍士的贡献体现在方方面面，他的四个儿子，按他的意愿，想让他们全都去当兵，但地方上要求当兵的多，名额有限，经再三争取，他将两个儿子送到了部队。桃棵子的百姓学习郭伍士的榜样，积极报名参军，当兵成了这个小山村的光荣传统。

郭伍士的老家在山西省大同市浑源县。自1937年4月当兵离家后，他一直没有回老家探望；战争年代是顾不上，新中国成立以后，家里儿女多，日子过得紧巴，不仅没工夫，而且也没有钱回家。1977年，郭伍士二弟家的儿子在墙倒时被砸死了，郭伍士听说后，决定回老家看望，坐车回到山西大同市时，钱就花光了，还是大同市民政局给他买上车票才回到了阔别40年的老家，为侄儿办理了后事。他万万没想到的是：就在他在山西处理侄儿后事的日子里，他的救命恩人——祖秀莲却离开了人世。他回到桃棵子时，听到了救命恩人去世的噩耗，悲痛不已，他扑到母亲坟上失声痛哭，久久不肯离去。

1984年正月，郭伍士也去世了。本来，按照郭伍士一生的奉献，去世后应该安葬在沂水县跋山革命烈士陵园，但桃棵子的村民想把郭伍士留在桃棵子村。上级有关部门尊重桃棵子村民的意愿，在跋山烈士陵园为郭伍士立了个牌位，却将郭伍士葬在了桃棵子，他的墓与祖秀莲的墓相隔不远，昭示着他们永不分离，万古流芳！

第三编·走近红嫂

忆我的老奶奶祖秀莲

张在召

沂蒙红嫂祖秀莲，是我本家的长辈。论张家，祖秀莲的老伴张文新，是我祖父张恒宾的三叔，她是爷爷的三婶子，我应叫她老奶奶；论祖家，祖秀莲又是我母亲的亲姨——我父母亲的婚姻也是她老人家牵线做主，我该叫她姨姥娘。两边的称呼辈分不一致，按当地风俗我叫她老奶奶。

我于 1971 年 8 月出生，儿时的记忆总是模糊的，但这位慈眉善目、一脸阳光的老奶奶，是我记忆中最深的影像。我在我们家兄弟姊妹中是最小的一个，老人家非常喜欢我这个重孙兼外孙，常常来我家抱我亲我，给我带好吃的来，所以我盼着老奶奶常来我家，也常跌跌撞撞地跑去她家玩耍。在我开始储存记忆的四五岁后，年幼的我发现了老奶奶的与众不同。那时她已 80 多岁，虽年老并裹着小脚，却做事干净利落，天天乐呵呵地带着农具去生产队干活，有时甚至去外村参加修水库等劳动会战；我还发现经常有一群群的外地人涌进她的院子和那两间又小又暗的茅屋里，只听得又是说，又是唱，每次都听到老奶奶给他们讲故事，讲的什么那时我还听不懂，但来客却不时地鼓掌和流泪，临走还忘不了和老人家一起照张相。

祖秀莲在地头和来访者合影

　　后来我长大一些了，刚要上小学时，老奶奶走了。我记住了这个日子——1977 年 7 月 12 日，因为那天乡亲们为被誉为"红嫂"的她开了个追悼会。有关她当年救伤员的故事，是在她老人家去世后听我爷爷、父亲和四叔讲的，尤其听爷爷讲得最多，因为老奶奶在救助八路军伤员郭伍士时，是他和张家几个弟兄帮助了老奶奶（如抬着藏到西山洞里，后来护送去 20 里路以外的中峪村八路军医院），他是"红嫂"救伤员的亲历者和见证人。关于红嫂救伤员的故事，即我老奶奶救护八路军侦察员郭伍士的经过，在本书中各位前辈和有关作家已从不同侧面作了详尽的阐述，因此在这里我不再细数，但从心底里我佩服我们家这位为革命做出贡献的老前辈。我崇拜她，更敬佩她，在那抗战的艰苦岁月里，这位大山里不曾见过世面的农家妇女，冒着侵略者"格杀勿论"的危险，把八路军伤员藏到家里，藏在洞里，为他疗伤、喂饭、杀鸡熬汤补养身体。将近一个月啊！硬是把伤员从死亡线上抢救过来。她做的这一切，都是冒着杀头的危险悄悄做的，就连我爷爷他们的出手相助也是暗中进行的。这是一种什么力量在支撑着她，让一个弱女子做出如此不怕牺牲、深明大义的壮举！当我后来明白了"红嫂精神"就是伟大的沂蒙精神的一部分的时候，我为我的前辈为革命做出的贡献而骄傲，为我们桃棵子村出了个闻名全国的"红嫂"而自豪。

红嫂祖秀莲去世那天，为她召开的追悼会我至今印象很深。记得县里、镇里来的人很多，她坟前的开阔地上站满了干部群众。听大人们说，悼词是现代京剧《红嫂》编导李瑜干先生亲自撰写的。山东京剧团在六七十年代排演京剧《红嫂》时，李瑜干导演曾多次深入红嫂故里体验生活，与祖秀莲和桃棵子的乡亲们结下了深厚的友谊。"红嫂"走了，他主动请缨，满怀深情地写下了那篇感天动地的祭文。

那时我对小说《红嫂》也好，京剧《红嫂》也罢，其基本内容、来龙去脉全然不知，还是年轻的四叔张道森多次向我讲起事情的经过，我才逐渐明白的。是作家刘知侠创作的《沂蒙山的故事》和《红嫂》，才使老奶奶救伤员的事迹大白天下。四叔在刘知侠来桃棵子采访创作《红嫂》时还是个孩子，他常常挤在大人堆里瞧热闹，给他印象最深的是作家的大背头和大高个，以及没白没黑地找人座谈拉呱，夜晚在月光下也照样谈说记录，有时还要饿着肚子工作，因为那两年正是国家遭受自然灾害的困难时期。

老奶奶去世12年后的秋天，时任中共中央政治局委员、国家教委主任李铁映来到了桃棵子。他来到"红嫂"墓前，细细看了立在墓前的石碑和碑文，带领省、地、县的领导向着墓碑三鞠躬。随后李铁映一行人又来到祖秀莲生前生活的老院，瞻仰了红嫂故居，详细询问了"红嫂"生前的一些情况。这时的我已是18岁的小青年了，不能靠近的我，远远望着这群大干部在老奶奶那两间矮小的房前驻足良久（当时院墙已塌）。我听说李铁映同志离开时，题写了"到红嫂故乡参观学习"的墨宝，并和陪同视察的国务院、省、地领导依次签上名字。从这件事上，我感受到我的老奶奶，这位被称为"沂蒙红嫂"的农家妇女，在党和人民心中的分量。

山西人郭伍士，是当年我老奶奶祖秀莲舍命相救的八路军侦察员，他不仅是一名战功赫赫的抗日英雄，而且是一位知恩图报"忠孝两全"的大好人。当重伤的他被桃棵子村张大娘（祖秀莲）救活后，他发誓今生一定要报大娘的大恩大德，这就有了他复员不回山西留沂蒙，八年千里寻母的动人故事。郭伍士于 1956 年找到我

郭伍士（前排左二）与部队首长和县领导合影

老奶奶，并认其为母，又过了两年，于1958年正式来桃棵子村落户。去年，我在村委的档案柜里找到了20世纪50年代的户口册子，郭伍士的户口卡片及1958年落户桃棵子的记录至今保存完整。

桃棵子村原只有张姓人家，因为郭伍士已成为我老奶奶的义子，所以张家与郭家也就不分彼此。我叫郭伍士爷爷，小时从来不知道还有张郭之分，心里感到就是一家子。郭伍士1958年来桃棵子定居时已有4个孩子，大叔郭文科、二叔郭文举、三叔郭文升和大姑郭文荣，来桃棵子村后又生了小叔郭文成和小姑郭文桂。郭伍士爷爷性格豪爽，我小时他对我很好，几个叔叔对我也很好，他们经常抱着我，带着我玩，我和四位叔叔、两位姑姑关系至今一直很好。那时令我稍有不解的是，这位爷爷为什么说话口音与别人不同，用当地话形容就是"撇腔"；还有爷爷张嘴一笑就漏出几颗金牙，这在当时的农村也不多见，后来才知道他那门牙是被日本鬼子的子弹打碎了。也从那时起我才明白，原来郭伍士爷爷还是一位功臣啊。

郭伍士于1984年正月去世，那天，县上来人为他开追悼会，当时我已经13岁了，我也参加了追悼会。现在，四位叔叔和两位姑姑身体尚好，他们早已融入了这块红色的土地，我们完全成了一家人。我想这应是战争年代的"鱼水深情"之花所结的果吧。大姑二姑分别在本村找的婆家，她们说这叫亲上加亲。在此，我要祝他们生活得更加幸福、美好。

生活在红嫂故里，沐浴着红嫂精神的雨露，常使我想到自己的责任。怎样学习红嫂精神，怎样传承红嫂精神，作为红嫂的后人，我们应当担负起这份沉甸甸的任务。十多年前，我放弃了在外经商、跑运输挣钱的机会，服从组织的安排，回村担任了村党支部书记、村委会主任，兢兢业业地为全村群众服务。十多年来，我们发扬红嫂精神，宣传红嫂精神，带领群众脱贫致富，桃棵子面貌大变。近几年，由于上级党委、政府加大支持力度，以及百名沂蒙老兵和热心人士的鼎力相助，以红色文化为核心的红色旅游项目建设正开展得如火如荼。我觉得这个项目搞好了，将更有助于红嫂精神、红色文化的弘扬与传承。

听爷爷讲红嫂的故事

靳 群

这是 20 年前的事了。

1996 年夏，在济南工作、离休的爷爷体检时查出了肝癌，并且已是晚期。因怕年迈的爷爷着急，家人对他隐瞒了实情，父母亲让我去济南住些日子陪陪爷爷，帮助爷爷做点事，陪他拉拉呱，尽可能地为他减轻些病痛，让老人家在最后的日子里心情好一些。

我的爷爷叫靳星五，那年已是 93 岁高龄，他是抗日战争初期走出沂水参加抗日的老革命。因为爷爷有较高的文化，所以参加革命工作后，一直从事机关文秘工作，山东省战时工作推行委员会（简称战工会，省政府前身）成立后，他任战工会秘书，从那时起，秘书工作一直做到省人民政府成立并进驻济南，是省政府进城后的办公厅第一任秘书处长。爷爷一生勤勉奉公，到七八十岁时，还担任省政府参事、省政协常委等职。因为他对我省党史、政史的熟知和热爱，老年时曾长期从事省和地方史志的编纂和审阅工作，直到 1985 年 82 岁时离休。离休后也没有真正闲下来休息，不过是把办公室搬到家里而已。以前我去看望爷爷，他总顾不上和我多说会儿话，他的写字台上总是摊着一堆堆文稿。我想，这回爷爷得了重病，肯定是在家歇着了。

令我感到意外的是，当我走进爷爷的屋子时，发现病中的爷爷仍然端坐在写字台前，正忙着伏案写作，老花镜加放大镜交替使用，我的心里一阵酸楚，泪水差一点流了出来。

爷爷看到我来，显得非常高兴，招呼我坐在他跟前，兴味盎然地谈起了他正在写的书稿——《沂蒙巾帼英模传记》。这时我才发现，写字台上堆着一沓厚厚的文稿，写的全是抗战时期的女英雄。爷爷因从事秘书工作时间长，善于积累各方面的资料，退休后有时间了，他就夜以继日地整理那些资料，给省里和有关地市的史志部门贡献了大量史料。前不久，他为与他一起战斗的全省50名党内外著名人物写了小传，以《烽火挚友》为书名出版。现在这部《沂蒙巾帼英模传记》记述了30多位女中豪杰，写的都是抗日战争、解放战争时期沂蒙山区妇女拥军支前的事，手头正在撰写的是沂蒙红嫂祖秀莲，一位农村大嫂救助八路军伤员的故事。

关于红嫂的事以前就听说过，也依稀知道红嫂救伤员的故事就发生在沂水当地。但是说老实话，我只知道有这么件事，至于红嫂的故事发生的具体时间、地点及事情的来龙去脉并不十分清楚。

爷爷问我：你读过刘知侠的《沂蒙山的故事》和《红嫂》吗？我说没读过。爷爷说你该找来读一读的。那虽是文学作品，但咱们县桃棵子村的祖秀莲可是红嫂的原型啊。实际上，祖秀莲救助郭伍士的真实情况远比小说中的红嫂更难。接着，他就把1941年秋山东纵队侦察员郭伍士在战斗中负伤，祖秀莲冒着危险救了他，并将郭伍士藏在山洞里为其送饭、疗伤将近一个月，后来郭伍士感恩祖秀莲，来桃棵子村落户为恩人养老送终的动人故事讲了一遍。当讲到伤员郭伍士的伤口感染生蛆，祖秀莲找来芸豆叶为其驱虫疗伤时，爷爷的眼里闪现着晶莹的泪花。他深情地说，那时的条件太差了，没有治伤的药，家中一贫如洗，加之日伪军的频繁扫荡搜查，一个弱女子能把一个危重伤员救活并基本恢复健康，那是太不容易了。如果没有对党、对子弟兵的深厚感情，如果没有大爱之心，能豁出命去救助一个素不相识的人吗？

为亲人送鸡汤（宣传画）

　　爷爷说：郭伍士也不愧为人民军队培养出来的战士，他复员后不回山西老家，决意留在沂蒙山，报答给了他第二次生命的母亲祖秀莲，这也表现出郭伍士对人民群众的感恩情怀。正是由于郭伍士千里寻母，携妻带子来到桃棵子落户，认祖秀莲为母亲的义举传了出来，"红嫂"救伤员的事迹才公之于众，并感动了千千万万的人。省文联副主席、省作协主席刘知侠同志就是在济南听说这个故事后，于1960年亲自去沂水发掘这一典型的。他在沂水住了近两年，多次去桃棵子村采访祖秀莲、郭伍士及乡亲们，1961年他创作发表了小说《沂蒙山的故事》和《红嫂》，后来的舞台剧和电影《红嫂》，都是改编自这两部作品。爷爷说刘知侠为宣传"红嫂"和"红嫂精神"是立了大功的，从20世纪60年代起，我们国家的英模队伍里，有了"红嫂"这个称谓。他还希望我们姐妹们都要以红嫂为榜样做事、做人。

《沂蒙巾帼英模传记》

第二年，爷爷在他的最后一部著作《沂蒙巾帼英模传记》正式出版后，安详地走了。每当我捧着爷爷的书含泪品读时，就会想起爷爷那天给我讲的红嫂的故事，想起他老人家对我们晚辈的要求。想到这些，我就觉得没有理由不好好工作和为社会积极奉献爱心。这些年公司里的志愿服务活动开展得如火如荼，无论是去沂水县培智学校捐助衣物还是去敬老院打扫卫生，不管多么忙，我都会义无反顾地参加，并且非常快乐地享受着这些付出的过程。仔细想来，谁说这不是爷爷给我讲的红嫂故事在起作用呢？我常想，做点好事无非是举手之劳，比起当年红嫂们的大爱与大义，差距还大着呢。

2015 年初秋，得知红嫂故里桃棵子村建起了红嫂纪念馆，我迫不及待地约上几个姐妹前去参观。在看完介绍红嫂事迹的图片、塑像后，在展出实物的橱窗里，我猛然发现爷爷的《沂蒙巾帼英模传记》赫然陈列其中。此时，我终于明白了这本传记的价值所在，更理解了当年爷爷抱病写作的良苦用心。我默默地想，这可都是先辈给后代留下的宝贵财富啊！

"她也是个普通的人"

王晓明

以往我们对"红嫂"祖秀莲的认识，大多是从一些影视、报刊、讲座报告中得来的，那么，在那些曾经与红嫂接触过，并一起生活过的普通庄邻眼里，她又是什么样的呢？为此，2015 年 5 月下旬，一个樱桃正红，青桃挂满枝头的季节，我们专程来到桃棵子村，采访了三位曾与红嫂在一个村庄生活过多年的普通农妇，来听听她们所说的红嫂是什么样的。

她是个心地善良的人

马秀淑是祖秀莲的亲外甥女，今年 71 岁了。当年祖秀莲嫁到桃棵子村后，把自己二妹家的大女儿，也就是马秀淑的姐姐，介绍嫁到了本村，姐姐生孩子后，马秀淑就被叫来帮姐姐看孩子。

马秀淑记得最清楚的一次，是她刚来姐姐家时，因为年纪小，没有看孩子的经验，孩子一哭她就没辙了，也跟着孩子一起哭，就想回家。这事不知怎么被大姨（祖秀莲）知道了，就来叫她。马秀淑记得那天下午大姨站在姐姐家院子外的一个地埝下大声地喊她："三妮子，你来，我包饺子你吃。"马秀淑去了以后，大姨包的是小白菜粉皮馅的水饺，里面又拌上了豆油，吃起来香喷喷的。大

69

姨很爱干净，那小白菜是马秀淑帮她洗的，都洗了好几遍了，感觉已经很干净了，可大姨趁她不注意，又偷偷自己去清洗了两遍。

大姨一边吃一边劝了她很多，还说，以后要是觉得看孩子累，就带孩子去她家，她帮着一起看。就这样，马秀淑在姐姐家看孩子一看就是好几年，后来也嫁到这个村，真正成了这个村的人，跟大姨的接触就更多起来。

在马秀淑的眼里，大姨是个心地非常善良的人，那时候大家的生活都很困难，可大姨不管自己有什么好东西，都是先想着别人。她就经常看到大姨拿自己家吃的给别人。马秀淑的婆婆还跟她说过，在三年自然灾害期间，祖秀莲在一个荒坡上开出一小块地，种上了方瓜，那些瓜秧长得很旺实，结出了很多方瓜，那时马秀淑的婆婆家孩子多，整天吃了上顿没下顿，祖秀莲就常摘了方瓜给他们送过去。就是因为有了那些方瓜，他们才平安地度过了荒年。

红嫂祖秀莲故居

马秀淑说，其实那时大姨自己家里的生活条件也不好，家里什么家具也没有，连床也是用几根树干撑起来的。屋里唯一显眼的东西就是大姨为自己留下的一口棺材，马秀淑看着害怕，不敢进屋，大姨还大大咧咧地说："怕什么？它又不咬人。"

马秀淑在姐姐家看孩子，见到村里竟然有个外地口音的人，感觉很奇怪，别人就告诉她那是闹鬼子时大姨救的一个八路军伤员，那个人为了感恩，复员后就没有回山西老家，而是带着老婆孩子落户到桃棵子，认了大姨为母亲，要为她养老送终。马秀淑听了很感动，就去问大姨，听说那时候鬼子特别凶残，就是不惹他们，他们还会杀人放火，大家躲都躲不及，你去救了八路军伤员，要是被鬼子抓住怎么办？你不害怕吗？

大姨说："当然害怕，可八路军是咱老百姓的队伍，自己的子弟兵受伤了，就跟自己的儿子受伤了一样，怎么能不救？"

马秀淑说，大姨跟义子郭伍士家的关系非常好，郭伍士的妻子是个小脚女人，平时只能待在家里，根本出不了门，家里的活也不是很会做，大姨一点婆婆的架子也没有，常主动去郭伍士家，教郭伍士的妻子做饭，缝衣裳，帮着她看孩子。大姨对待郭伍士家的孩子，就跟自己的孙子一样亲，有了什么好吃的，就会打发人去叫他们。

那时大姨经常被县里省里请去开会、做报告什么的，虽然都是义务出席，没有资金补助，但因为她年经大了，回来的时候人家都会送给她一些点心糖果等，她都舍不得吃，拿回来分给大家吃。可是人多，东西少，每次大家只能分一点，但也很高兴，毕竟能吃上那么好吃的东西了。

她的英勇事迹让我感动

今年63岁的张在梅是郭伍士的二儿媳，张在梅说，她就是本村人，她的父亲张道绪是桃棵子第一届支部委员。从小她就常听父亲讲起抗日战争时期，他们村里人怎么救护八路军伤员，为八路军掩藏文件物资的事，特别是祖秀莲冒着生命危险救护伤员郭伍士，郭伍士又回来报恩的故事，让她很是感动。

后来她到院东头上初中，从同学那里借了作家刘知侠写的《沂蒙山的故事》和《红嫂》等书，知道了书里的原型就是那个走路说话都风风火火的祖秀莲，心里更是敬佩得不得了，同学们知道了她是桃棵子村人，与祖秀莲还有亲戚关系，也都很羡慕她，常常向她询问关于祖秀莲的一些事。

那时农村孩子上学都晚，张在梅 19 岁才初中毕业，还没等考高中，村里的书记就去学校把她要回来，让她在院东头医院培训了一年，回村当了赤脚医生。而当时祖秀莲就已经八十岁了，身体已经不是很好，她就经常主动上门去给祖秀莲打针看病。每次只要她一去，祖秀莲就拿出东西给她吃，有时是一块点心，有时是一个煎饼，或者仅仅是一个煮地瓜。她知道祖秀莲家生活困难，当然不会去吃，但心里还是非常感动。那时候家家户户都比较困难，可祖秀莲却很大方，宁愿自己不吃，也想着别人。

1977 年，张在梅 23 岁时，嫁给了郭伍士的二儿子郭文举。能嫁给战斗英雄的儿子，张在梅感觉非常荣幸，更让她感到兴奋的是，从此她成了"红嫂"祖秀莲的孙媳妇了。但那时祖秀莲已经生病躺在床上了，连她的婚礼都没有参加，这就让她稍稍感觉有些遗憾。

成了一家人后，张在梅更是经常有事没事就往祖秀莲家跑，去给她打针送药，去看看她身体哪里不舒服，真心盼望她能尽快好起来。可惜的是没过几个月，祖秀莲就去世了。

丈夫郭文举对她说，自己从小就没见过山西的亲奶奶，在他心里祖秀莲就是自己的亲奶奶，他一点都感觉不到自己与祖秀莲的亲孙子有什么区别。他记得小时候奶奶经常到他家里去，有时还会给他们带几个煮鸡蛋，带一些点心等好吃的，有时自己嘴馋了，也会跑到奶奶家里，奶奶明白他的意思，总是赶紧找吃的给他。

说到这里，张在梅叹了口气："要是奶奶能再多活两年就好了，也好让我们多尽尽孝心。"

她喜欢吃我做的槐花菜

74 岁的陈成荣娘家是十五六里路外的上峪村，在没嫁到桃棵子村之前，她是没听说过祖秀莲的。

1965 年，陈成荣经人介绍嫁给了张道棵，她还记得结婚那天是腊月初四，天气很冷，她穿着婆家给她做的红棉袄，红裙子，头上戴着大红花，肩上还披着绣着大红花的云肩，婚礼也办得很隆重，村里去看她的人很多，都夸她。可她那时害羞，不敢抬头，谁也没记住。直到结婚第二天，别人领着她去给那些长辈磕头，到了三奶奶家磕完头后，大家又介绍说三奶奶就是救过八路军伤员的"红嫂"，陈成荣这才抬头看了看面前这位满面笑容的老人，只见她七十多岁的样子，脸上胖鼓鼓的，看上去慈眉善目的。三奶奶拉着她的手夸她长得好看，穿的衣服也好看，还说自己年轻结婚时家里穷，没捞着这么好的衣服穿。三奶奶一边说着，还往陈成荣手里塞了五毛钱的见面礼。别看五毛钱现在买不着什么东西，可在那时却是一笔大钱，那时一个整劳力在队里干一天活，也才挣一毛钱左右，大白菜在集上卖一二分钱一斤。

结婚后陈成荣跟公婆住在一个院子里，正好与三奶奶家离得不远，陈成荣家院子里有一个很大的葡萄架，夏天的时候，密密的葡萄叶能遮出半个院子的阴凉，祖秀莲没事时就爱到她们家去乘凉。她们一起纳鞋底，一起拉家常，有时也会说起救护郭伍士的事，每次陈成荣都听得又惊又怕，心里也因此对这个三奶奶佩服得不得了。

陈成荣的娘家那边种花生比较多，打了花生油后会剩下一些花生饼，她就拿来泡软了熬菜吃。每年春末，山里的槐花都开了，那花看着好看，闻着香，吃起来也很好吃，手巧的陈成荣就把槐花采下来，洗干净了，用开水烫烫，再加上花生饼熬成槐花菜，三奶奶特别爱吃，一次就能吃一大碗。有时好几天没熬槐花菜，三奶奶还开玩笑地说："孙子媳妇啊，你看咱这里的槐花真多啊，满山满坡都是，真好看啊。"陈成荣就知道三奶奶的意思了，就赶紧去摘槐花熬槐花菜。

在陈成荣的印象中，三奶奶也是个普通的人。三奶奶说话的语速特别快，虽然是小脚，但走起路来很有劲头，有时比年轻人走得还快。特别是她干起农活来更快，虽然那时她都七十多岁了，可还在生产队干活，在晒场上掐麦穗的时候，别人一天顶多只能掐三四十个麦个子，可三奶奶却能掐八九十个，她干活一点都不惜力气，看到别人有时偷懒，还很不客气地去批评。有时候陈成荣真担心那些人会记恨三奶奶，可没想到那些被三奶奶批评了的人，不但没一个不高兴的，反而都马上老老实实地又去干活了，这就又让陈成荣不得不佩服三奶奶在村民中的威望。

祖秀莲（左一）与乡亲们在一起

难忘和红嫂祖秀莲合影

李 森

在我的影集里，珍藏着一张有些泛黄的老照片，那是 40 多年前我和"沂蒙红嫂"祖秀莲的合影。照片中的祖秀莲老人慈眉善目，一脸的高兴，好像正与我说着什么。而我呢，正拿着笔记本专心致志地倾听大娘的述说——真是宝贵的瞬间啊！要知这张合影的来历，还得从头说起。

我于 1970 年冬天应征入伍，在自己的家乡临沂军分区独立营当兵。1971 年夏末的一天，我正在炊事班门口写黑板报，听到有人叫我的名字。入伍后经过半年的军事训练，我本能地立正，口中喊："到！"定下神才看清是班长庄龙干叫我。班长告诉我："接连首长指示，军分区宣传科借调你去帮助工作，让你准备一下明天到军分区电影队报到。"我立即立正、敬礼并回答："是。"回到宿舍，仅用了几分钟就做好了出发准备。

第二天，我拿起挎包，背起背包，扎起武装带准备和战友告别。班长语重心长地嘱咐我，到了分区机关一定好好工作，和战友们搞好关系。我立即回答班长说："保证完成任务。"然后和班里的战友一一告别。出了营房门口，我口中轻轻地唱着"我是一个兵，来自老百姓"，向着临沂城出发了。从三里庄营房到分区机关有 3 公里路的路程，用了 20 多分钟就到了分区机关。根据连首

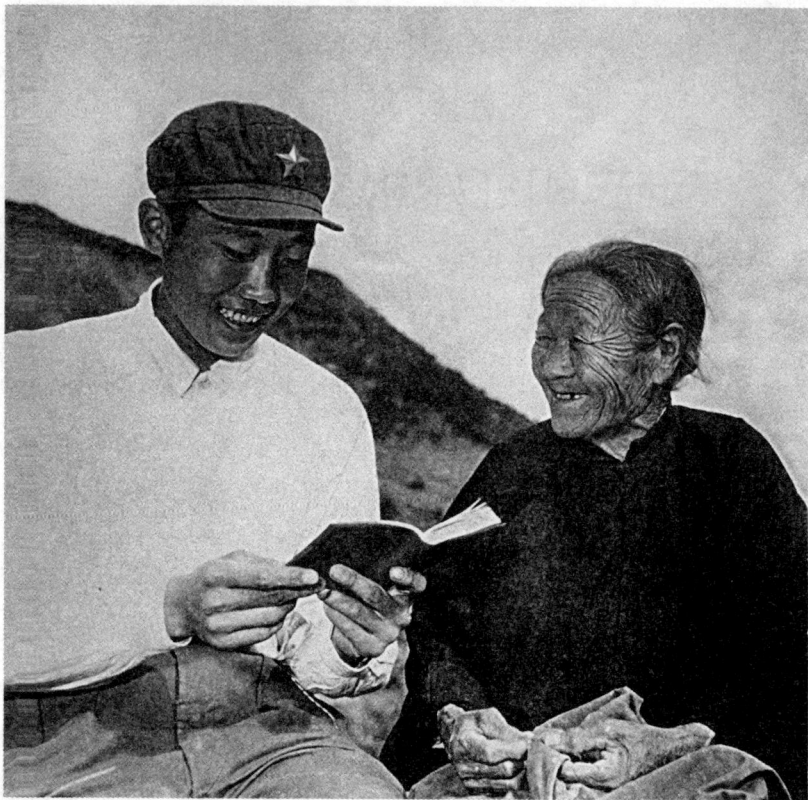

作者与红嫂祖秀莲合影

长指示来到电影队门口，见到了经常为我们放电影的两位女兵，还有一位身材高大的干部模样的人坐在办公桌前。我立即向前："报告首长，我叫李森，连首长指示叫我前来报到，请首长指示。"干部模样的人微笑着说："小李子，请坐。"并自我介绍说他叫韩宝洪，是宣传科的干事，同时介绍了两位女兵——矮个的叫董丽君，高个的叫崔顺义。坐下以后，崔顺义热情地给我倒了杯开水，随后韩干事向我说明了这次工作的任务。原来，为配合战备工作，临沂军分区政治部宣传科准备拍摄一组军民联防、部队生活、沂蒙老区拥军爱民的有关人物事迹。给我印象特别深刻的是，韩干事专门介绍了沂水县院东头公社有个叫祖秀莲的老人，当年救护八路军伤员的事迹非常突出，这次出发首先采访的就是这位老人。

这是红嫂祖秀莲第一次在我脑海里留下的记忆。韩干事说："我们这次任务共去3个人，还有一位是展览馆的王祥云同志，他是摄影专家。你的任务就是配合这次工作搞好服务，明天就出发，第一站先到沂水院东头桃棵子。"我立即表示保证完成任务。

次日，我们一行三人乘车辗转来到沂水院东头公社，早就接到电话的公社武装部长热情接待了我们。部长说：接县武装部通知，要求我们配合好分区领导的工作，这次由我负责和大家一起到桃棵子村。部长介绍，从院东头到桃棵子有8公里多，山路不太好走，即使到了那里天色已晚也不能进行工作。所以他提议下午在驻地随便转转，领略一下山区的风光，明天一早去。这天晚上，我们三人住在了军分区设在院东头的军械仓库，寂静的夜晚鸟语花香，别有一番风味。

早饭后，我们向仓库马主任借了三辆自行车和部长汇合后，沿着崎岖不平的山间小道奔向桃棵子村。沿途呼吸着清新的空气，观赏着大自然美丽的风光。从院东头到桃棵子村一路上坡，我年轻力壮没感觉怎样，可是，王祥云同志身材干瘦，年近50岁还是有点力不从心。大家一会儿骑行，一会儿推车爬坡。虽然只有8公里多路，却用了将近一小时。

桃棵子村三面环山，几十户民居稀稀落落遍布在整个山谷中间，环山绿树成荫，偶尔传来几声狗叫，才发现有住户人家，此情此景像是来到了世外桃源。部长找到村支书，村支书马上安排人去叫祖秀莲老人。韩干事说别让老人家跑路了，我们喝口水直接过去吧，趁现在光线很好咱们抓紧过去拍几张照片。我们边喝水，村支书边给我们简单地介绍祖秀莲的情况。祖秀莲那年已80岁了，身体很硬朗，头脑清晰，精神乐观，这么大年纪了还经常参加县、社组织的活动，平时还经常参加集体劳动。稍事休息后，村支书带我们来到祖秀莲老人的家。

祖秀莲家位于山脚下，是一座普通的民居，我们走进低矮的房屋，看到屋内只有简单的摆设，这时老人正忙着做家务。看到我们几个军人的到来，显得非常高兴，又是让座，又是倒水。当我们问起她当年救助伤员的事情时，老人家详细地向我们讲述了当年发生在这里的那场抗击日本侵略者的战斗，八路军侦察员郭伍士战场负伤，以及老人冒着被杀头的危险，果敢地把伤员藏到洞里，为其送饭、治伤的整个过程。多么善良、大义、勇敢的老人！听了昨天的故事让我这个新兵感动万分。老人看我年轻，问我今年多大了，鼓励我在部队一定要好好干。我说："老奶奶，您放心，我一定好好干不辜负您的期望。"韩干事看了看时间问祖秀莲说："老人家，咱们出去拍儿张照片行吗？"老人爽快地说："行啊！"于是，我搀扶着祖秀莲老人和一行人来到了挡阳柱山脚下。韩干事说："就在这里的石头上拍吧，光线是侧光，背景是山，正是拍照的好条件。"虽然是夏末，天气还是有点热，我脱去了军装上衣，坐在了祖秀莲老人身边。我们一边说着话拉着家常，一边拍照。韩干事和王祥云调整好光圈、速度，指导着我和老奶奶的坐姿，调整着拍摄角度，经过近一个小时的工作，终于完成了一组红嫂祖秀莲和子弟兵"军民鱼水情"的生活照片。

拍照结束，我们向祖秀莲老人告别，老人执意留下我们在她家吃了饭再走，我们婉言谢绝了她的好意。我们已经走出很远了，老人还在不断向我们招手。看着远处站在石头旁那个瘦削的身影，我不由得肃然起敬，向着老奶奶敬了一个标准的军礼。

那年我到红嫂家演出

刘冬梅

　　20 世纪 70 年代，我在临沂军分区当兵。当时，军分区组建了一支文艺宣传队，我是其中的一员。1971 年初，军分区响应毛主席"这样训练好""如不这样训练就会变成老爷兵"的号召，组织分区机关、独立营、各县武装部，及军管单位电信局、气象局等共 500 余人，于 1 月 15 日开始了第一次野营拉练，我们军分区宣传队全体人员也随部队参加了拉练。

　　拉练队伍冒着严寒徒步疾进，从临沂经相公公社直奔莒南，又由莒南顺大路奔日照，再由日照向西至莒县，沿兖石路有序前进。行进速度也从最初的每天行军四五十华里，到后期的每天行军八九十华里，这对于我们这些机关兵特别是女兵来说，是个严峻的考验。1971 年的 2 月 7 日当天，拉练队伍从莒县县城出发，行军 85 华里来到了沂水县姚店子公社。我们宣传队随部队驻扎姚店子。那天晚上，宣传队所有人员没有顾上休息，在姚店子驻地为群众进行了一场演出。

　　2 月 8 日一大早，宣传队接到通知，说是有演出任务，要求派精干小分队立即出发。记得当时是由宣传队刘新起队长带队，去的演员有关玉香、徐新文、陈宝霞、刘长青和我，乐队有张洪玉、曹成江等，还有谁已记不太清了。我们小分队步行从姚店子出发

作者在为祖秀莲(右三)表演节目

向西急行军，那时没有大路，羊肠小道坑坑洼洼十分难走，特别是在走到一溜山的背阴处（后来才知道叫挡阳柱山），那里积雪还很厚，我们深一脚浅一脚地艰难前进，坡陡的地方还要攀着树和草爬行，大约走了近30华里，我们来到院东头公社桃棵子村一处茅草屋前。有人喊"来了！"原来，茅屋的主人是祖秀莲大娘。这时，我们才知道是为沂蒙红嫂祖秀莲演出。祖秀莲的事迹以前我们都听说过。她在抗日战争时期，冒着生命危险救护了身负重伤的八路军侦察员郭伍士，把他掩藏在村西的乱石洞内，每日送水送饭，细熬鸡汤，精心服侍，直至郭伍士痊愈归队。她的大爱和无私奉献精神感动了这位英雄战士，郭伍士退伍后决意不回山西老家，留在他曾洒下鲜血的这片热土，找到救他的好心大娘报恩。经过几年的寻找，他终于找到了祖秀莲，并认其为母，侍奉左右。我对红嫂祖秀莲和郭伍士十分崇敬，他们就是我心目中的英雄，我觉得能亲自为英雄献上自己的节目，是我一生最大的荣幸。记得那天郭伍士跑前跑后忙活，红嫂祖秀莲则怀里抱着个小孙子坐在茅屋前的小凳儿上，演出就在她的屋前开始了。因为是小范围演出，宣传队没派大乐队，伴奏只有张洪玉拉京胡，曹成江吹唢呐，我们唱的都是京剧选段，我唱的是《红灯记》中李奶奶的一段唱《闹工潮》，我演唱时面对着祖秀莲大娘，并留下了一张珍贵的照片。就是从那时起，红嫂祖秀莲的故事一直鼓舞着我，要做一个对国家对人民有用的人，无论遇到什么困难，想想红嫂，浑身就充满了力量。

我们曾经为红嫂祖秀莲体检

连秀兰

　　20 世纪 70 年代初，我在济南军区 146 医院（驻临沂）做护士工作。那时，遵照毛主席"把医疗卫生工作的重点放到农村去"的教导，部队医院常组织医护人员下乡，为当地群众防病治病和培训基层医务人员。1973 年夏天，由我们医院六七名医护人员组成的医疗队，来到红嫂故里沂水县院东头公社，帮助该社兴办农村合作医疗和培训"赤脚医生"。同去的有领队、院医务处副主任吕咸福，军医姜世梅、张玲、严冰，护士吴梦海和我。

　　我们在公社办了几天"赤脚医生"培训班后，吕主任向公社党委王书记提出，去桃棵子村看望"红嫂"祖秀莲大娘，并为老人家做一次体检。"红嫂"祖秀莲的事迹我们早就知晓，在抗日战争时期，她冒着生命危险救助了一位身负重伤的八路军侦察员郭伍士。祖秀莲把伤员郭伍士藏在村西的山洞里，每天送饭送水，上山采药疗伤，杀鸡熬汤补养，硬是把奄奄一息的郭伍士从死亡线上挽救过来。大娘的大爱善举感动了郭伍士，复员后他决计不回山西老家，留在沂蒙寻找大娘报恩，直到找了八九年才找到给了他第二次生命的大娘，从此落户在桃棵子给大娘当儿子，多年来极尽孝敬赡养义务。这个感人故事曾经教育了一代人，被作家刘知侠写在了《沂蒙山的故事》和《红嫂》中。

祖秀莲与作者等亲切交谈

我们医疗队一行随王书记踏着山间小路西行，公社离桃棵子村约十五六里路，途中要经过几个村庄和数座大山，当我们步行一个多小时，到达一个叫南墙峪的村庄后，一座直上云天的高山挡在面前，王书记说：这座高山叫挡阳柱山，1941年秋日寇大"扫荡"时，曾在这里发生了一次激烈的战斗，郭伍士同志就是在这次战斗中负的伤。我们沿着挡阳柱山后的小道，一路攀爬约有二三里后，来到了祖秀莲大娘家里。

祖秀莲大娘见王书记领来了几位军人，非常高兴，82岁高龄的她迈着蹒跚的脚步迎出门来，亲热地拉着我们的手不放，进屋后为我们搬座位，生火烧水，让我们觉得大娘特别可亲可敬。应我们的请求，大娘给我们讲了30多年前救助八路军侦察员郭伍士的过程，使我们每个人受到了一次革命传统教育，也对"军民团结如一人，试看天下谁能敌"这句名言有了更深的理解。大娘还找人把在生产队干活的郭伍士叫回来与我们相见，让我们认识了这位知恩图报、忠孝大义的抗日老战士。

作者与祖秀莲合影

听完大娘救伤员的感人故事，我们开始为大娘做体检。我们同来的医生都是院里的骨干医生，依托带来的简单的器械为老人进行了血压、心脏等常规检查，了解了以往病史，根据其病情提出治疗建议，并给大娘留了常用药品以便治疗。

临行，大家都希望与"红嫂"合影留念，于是，我们簇拥着大娘来到屋外的山石旁，留下了两张珍贵的合影照。

第四编·光耀千秋

红嫂精神　代代相传

王述文

　　山东沂水桃棵子村的祖秀莲，是"沂蒙红嫂"这个群体的典型代表，她以自己的英雄壮举谱写了一曲爱党爱军、鱼水情深的红色赞歌。多少年来，淳朴的家乡人民不仅以"红嫂"为荣，而且以传承为责，大力弘扬红嫂精神。如今，在红嫂的家乡，一场学习红嫂，让红嫂精神代代相传的活动更是如火如荼地展开，它映红了岁月，映红了山村，映红了人们为实现中国梦而奋发进取的心……

传承是桃棵子人的使命与传统

　　桃棵子村虽小，但有一位用生命救护八路军伤员的拥军模范祖秀莲，还有一位前来报恩的英雄老八路郭伍士，"军民鱼水情"的大戏经久不息地在这个偏僻的山村上演。在这浓浓的红色氛围中，桃棵子村历代党支部充分利用这些红色资源，教育广大干部群众争做"红哥""红嫂"，续写红嫂精神世代传承的新篇章。

　　1958年，郭伍士怀着一片报恩的心情来到桃棵子村落户时已有4个孩子，小山村突然增加了6口人，这在生活还很困难的年代，也是一份不小的负担，但淳朴的乡亲们像当年祖秀莲毫不犹豫地救护伤员一样，热情欢迎郭伍士一家的到来。刚开始，郭伍士一家同祖秀莲一家住在狭小的两间茅草房里，一个锅里摸勺子，住得虽然简陋拥挤，但也其乐融融。后来，大队长张恒宾看到住得实在太拥挤了，便腾出自己的一间上房让郭伍士一家住。两年后，村里的条件稍有改善，在村民们住得还非常原始简陋的情况下，大队积极筹集资金，集体出工，为郭伍士盖了三间标准较高的正房、一间锅屋，并拉了院墙，使郭伍士搬进了许多人难以企及的新家。

给郭伍士安排什么工作，也让党支部书记张恒军费了一番脑筋。抗战时，郭伍士那次负的伤比较严重，最后落下个二等乙级伤残。尽管郭伍士坦言干什么活都行，但大队领导想的是决不能让功臣干受累的活。那时农村刚开始办公共食堂，村里安排郭伍士担任公共食堂管理员；1960 年食堂解散后，大队又安排他担任了相对轻松的看山护林员，并一直干到晚年。

20 世纪 60 年代，随着作家刘知侠《沂蒙山的故事》和《红嫂》的发表，"红嫂"这个名字誉满全国，各地前来学习的人员和媒体记者络绎不绝，桃棵子村党支部认为这是宣传红嫂精神的极好机会，对来者都热情接待，特别是张恒军、张恒宾等大队干部，因为他们曾经是红嫂救伤员的见证者，也是参与者，所以无论工作多忙也要给大家讲讲昨天的故事。60～70 年代，祖秀莲常常受邀外出参加一些英模报告会，那时她已是 80 岁左右高龄，每次外出，党支部都派人跟着服务，确保老人的健康和报告质量，为的是让红嫂精神传得更广更远。

1971 年冬，临沂军分区一支拉练部队进驻桃棵子，这可是战争结束以来，第一次有大部队经过该村，大家把平时学习红嫂攒足的那股劲全部使了出来。乡亲们争相把解放军战士接到家里，腾出最好的房间让战士住，把家里积攒的鸡蛋、花生和其他好吃的都拿出来拥军。尽管战士们一再解释部队有纪律，但乡亲们那股执着劲实在让战士们盛情难却。祖秀莲大娘家里更是人来人往，

祖秀莲生前向年轻人讲述当年的经历

大娘和郭伍士为一拨又一拨的官兵讲述当年的故事，让这些官兵受到了一次生动深刻的"军爱民，民拥军"的革命传统教育。也许是这次接受的教育太深了，也许是桃棵子民众对子弟兵的热情感动了这些年轻的士兵，以至40多年后老兵们还念念不忘当年的情景。也是因为心中有这份情结，才促成了2015年"百名老兵助老区"，建设红嫂祖秀莲纪念馆的壮举。

现任桃棵子村党支部书记张在召与"红嫂"有着非常亲近的关系。他的曾祖父与祖秀莲的丈夫是亲兄弟，据此，张在召叫祖秀莲老奶奶；但从张在召的母亲这边说，祖秀莲是张在召母亲的亲姨，因此，张在召又应该叫祖秀莲为姨姥娘。小时候，张在召经常听父母讲老奶奶英勇救八路军伤员的故事。上学以后，又多次看过著名作家刘知侠以祖秀莲为原型写成的《沂蒙山的故事》和《红嫂》，因此，从小他就对这位老奶奶敬佩得五体投地。前些年，他发现除了偶尔有些人来这里来参观学习，进行革命传统教育外，人们对红嫂的英雄事迹逐渐淡漠，就连本村的孩子也几乎说不出红嫂的事迹。他想：不能一头钻进钱眼里，而把红嫂的事迹和精神忘掉。在实现中华民族伟大复兴的进程中，更需要继承和发扬红嫂精神。他告诫自己：作为红嫂的后人，作为红嫂家乡的党支部书记，应该把宣传红嫂事迹，传承红嫂精神作为义不容辞的责任，使红嫂精神一代代传承下去。

搭建形式多样的传承平台

新时期，张在召有一种使命感、紧迫感，他紧握接力棒，决心通过不断搭建形式多样的传承平台，使传承活动开展得生动活泼、扎实有效。

1977 年祖秀莲去世后，县委、县政府为红嫂墓立了纪念碑，碑文中对红嫂的评价是：战争年代的红嫂，建设时期的英模。有时，外地的客人来到桃棵子，村干部介绍了红嫂的事迹后，便领着客人到红嫂墓前凭吊一番。但这种介绍和宣传只是凭嘴一说，极不条理，也缺乏形象和现场感。如果搞个纪念室，通过生动形象的文字和图片，宣传教育效果肯定不一样。张在召向党支部汇报了自己的想法，带头将家里保存的有关红嫂的照片、文物全部捐献出来，又向村民征集了一些文物，然后在县委组织部的支持和部分热心人的相助下，把村里的两间旧教室改建成了沂蒙红嫂祖秀莲纪念室。此后，利用部分图片、文物、文字展示红嫂感人事迹，大大增强了宣传效果。

为老八路郭伍士墓立碑，扩大红嫂精神的宣传渠道。郭伍士在革命战争年代为胜利抛头颅洒热血，退伍后不回山西老家，而是怀着一颗感恩之心，来到桃棵子村安家落户，报答英雄母亲祖秀莲，其事迹感人至深，党支部决定向镇委申报为其立碑。镇委、镇政府在撰写的碑文 (见本书39页) 中热情表达了对英雄的高度评价，内容与红嫂事迹互为补充，更好地宣传了伟大的红嫂精神。

利用互联网平台，推动红嫂精神的传承。近几年，张在召创建了一个"红嫂故里"微信平台，网友发展到 140 多人。他经常在这个微信群里宣传红嫂文化，并与网友讨论如何在新时期将红嫂精神发扬光大的事；很多网友成为张在召的好参谋，使传承红嫂精神的活动开展得有声有色，丰富多彩。

利用文艺演出，传承红嫂精神。村里组织了包括郭伍士亲属参加的文艺演出队，排演有关宣传红嫂事迹的节目。2015 年，在红嫂祖秀莲纪念馆开馆仪式上，一曲优美的歌伴舞《沂蒙颂》，让大家感受到了红嫂后人的亮丽风采。

通过电影扩大对红嫂的宣传。沂水县委组织部，县委党校以及沂蒙风情旅游管委会、临沂润和旅游景区管委会、临沂润和景观文化有限公司等联合摄制了微电影《祖秀莲》，于 2014 年 5 月在全国各电视台、大型网站公开放映，成为党的群众路线教育实践活动的生动教材，也是来桃棵子旅游的客人必看的"保留节目"。

协助百名老兵在桃棵子建起了"红嫂祖秀莲纪念馆"。2015 年初，当年野营拉练来桃棵子住过的部分老兵，退休后到桃棵子寻访故地后，决心帮助桃棵子为红嫂祖秀莲建一处像样的纪念馆。100 多名老兵慷慨解囊，从考察、设计到施工，仅用了不到 6 个月的时间（实际施工仅用 4 个

雕塑《沂蒙红嫂》

月），建起了一座雄伟宏大的红嫂纪念馆，同时修复了红嫂故居、藏兵洞，建起了红嫂文化馆、红嫂大舞台、拥军广场、军区招待所等众多配套项目。纪念馆分四个展室介绍红嫂的事迹，同时还设有一个影视厅，通过观看纪录片，人们可以更直观地了解红嫂的英雄事迹。红嫂纪念馆前，还树起了一尊红嫂救伤员的花岗岩雕像，如今已成为参观者凭吊和留影的首到之处。

在纪念馆和配套工程建设中，桃棵子人尽力配合老兵们的善举。在保护整修红嫂故居中，由于祖秀莲去世多年，房子被另一位乡亲借住，支部书记张在召几次上门才做通那户人家的工作，搬了出来。修复过程中，张在召和两委成员分工，有的在现场指挥，有的亲自外出购买材料。当年郭伍士养伤住过的山洞——"藏兵洞"，由于年岁太久，早已塌陷淤平，张在召等根据村里老人的回忆，拟定出修复方案，然后，组织包括郭伍士儿子在内的部分村民对"藏兵洞"进行了恢复性整修。如今，来桃棵子的客人们亲临"藏兵洞"参观，可以获得一份真切的感受。

为了丰富纪念馆的内容，桃棵子村的干部群众自觉搜集与捐献有关红嫂的历史文物和资料。一本书、一张画、一个坛子、一个弹壳，甚至一团纺线棉花，都是乡亲们自发送来的。乡亲们的积极行动感动了驻村工作的县镇干部和周边村庄的村民，大家也都自觉寻找有关资料图片，充实展品内容，参加布展的老兵惊叹地说，你们搜集展出的文物太充足了。

传承使山村迈上新台阶

桃棵子三面环山，全村 220 户，640 口人，分散居住在 16 个自然村里，545 亩农田全都挂在周围的山坡上，自然条件严重制约着农村经济的发展。张在召多次召开两委会、党员会及群众代表会，商讨致富之策。大家一致认为：红嫂精神是桃棵子最宝贵的精神财富，只有将传承红嫂精神作为推进经济发展和繁荣红色文化的重要推手，才能获得强大动力，实现科学跨越发展。在此基础上，张在召带领一班人认真分析桃棵子的优势和劣势。大家认为：新时期，院东头镇已经走出了一条种植生姜致富的路子，桃棵子的土质条件非常适合种植生姜，但原来路不通，生姜外销受到制约，村民不敢大面积种植。因此，要想扩大生姜种植面积，必须先修路。路子确定后，他们随即打响了修路的第一枪。村里没钱，张在召带头把多年在外打工挣的钱拿出来，让村民出工出力，经过一年多的艰苦努力，整修了4400米的上山机耕路，解决了群众生产的不便。后来，争取上级扶持资金16万元，硬化了村内道路2000余米。同时，在市交运公司下派"第一书记"的帮助下，又新修公路7公里，从而彻底解决了产品外运的困难。

路修好了，扩大生姜种植有了条件，桃棵子一下子将生姜种植面积扩大到400亩。人能干，天帮忙，生姜获得大丰收，市场价格也好，当年，村民人均收入突破1万元。

首战告捷，村民们的脸上绽出了笑容，但张在召却在想：村里的土地有限，就算全部种上生姜，还能再增加多少收入？今后的出路在哪里？张在召感到了眼界的狭窄和知识的不足。于是，他报名参加了山东省委党校经济管理班，想开阔一下眼界，武装一下头脑。同时，他在村里第一个买了电脑，接上了互联网，他想更多地了解外面的人如今都在干什么，由此，他很快发现了商机。

进入新世纪，昔日闭塞的沂水发展成了全国有名的旅游大县，桃棵子是红嫂祖秀莲的故乡，是县里的革命传统教育基地，每年都有很多慕名而来的游客。来人要吃饭，村里竟然连一家餐馆都没有。游人参观后，只能返回县城或到外地就餐。张在召想：游客的需求就是商机，他决定自己带头开一家餐馆，名字就叫"红嫂家人餐馆"。餐馆开张后，拿手菜是山上产的松蘑炖笨鸡，还有上山新采摘的各种野菜，自己腌制的小咸菜……没想到这些庄户菜竟一炮打响，很多人慕名专程前来品尝，"红嫂家人"这个名字也越来越响。张在召动员乡亲们又开了几家"农家乐"饭馆，游客在红嫂的家乡就餐，听着红嫂的故事，品尝着红嫂家乡的山珍野味，别有一番风味和兴致，高兴得不得了。为了迎接新的客人，村里又新发展了30多家农家乐饭馆。人们说：如今的张在召更忙了，不是去外地学习，就是为前来参观的人们讲解，整天忙来忙去，没个闲着的时候。有人问他累不累？张在召笑哈哈地说："革命战争年代，红嫂为救伤员死都不怕，我累点儿算什么？"

实践使桃棵子人的眼界越来越宽，张在召似乎也悟出了更多的致富门路。他多次组织党员和群众代表到外地学习乡村旅游经验。2015年，桃棵子村成立了全县第一个企业性质的"红嫂故里旅游合作社"。组织群众把本村、本镇生产的土特产进行深加工，然后将产品推向闻名全国的临沂大市场。目前，合作社经营沂蒙红嫂布鞋、红嫂故里小米、果品、生姜、芋头等几十种产品，由临沂西关刘伟经营的大市场销往全国各地，致富之门由此打开。

2015年4月1日，临沂市委、市政府在桃棵子村召开了"精准扶贫推进现场会"，张在召介绍了精准扶贫和红色旅游结合使群众脱贫致富的经验，受到上级领导和与会人员的一致好评。

传承红嫂精神，也推动精神文明建设迈上新台阶。2015年，桃棵子成为沂水县委组织部、临沂市委组织部和市委党校的教育基地、临沂市社联活动中心，还被评为"山东最美乡村"、"山东首批传统古村落"、"国家二A级景区"。张在召书记也被评为"沂蒙先锋共产党员""临沂市优秀党组织书记""临沂市优秀村官"等。

沂蒙红嫂祖秀莲纪念馆诞生记

王德厚

2015 年 8 月 28 日，天朗气清，艳阳高照，在沂蒙山区中心地带的沂水县院东头镇桃棵子村，曾经在抗战时期发生过激烈战斗的挡阳柱山下的"拥军广场"，鼓乐喧天，人头攒动，数千名从各地赶来的干部群众正在这里举行纪念抗日战争胜利 70 周年暨沂蒙红嫂祖秀莲纪念馆开馆大会。

这是一个令人难忘的日子，是一次激动人心的集会，十里八乡的群众像过节一样扶老携幼向桃棵子涌来。有关方面的领导和部队老首长，县委、县人大、县政府、县政协、县人武部等县级班子领导出席了会议。在刚刚落成的纪念馆前，中共山东省委原常委、山东省军区原政委赵承凤将军作了热情洋溢的讲话。中华诗词学会常务副会长、解放军电视宣传中心原政委、主任李文朝将军致辞，并赋诗一首："大爱无垠气若虹，千秋红嫂耀沂蒙。情深似海汤汁里，恩重如山怀抱中。"原济南军区联勤部政委张建设将军，山东省军区原副司令员冯祥来将军与县领导为沂蒙红嫂雕像揭幕。沂水县委、县政府的有关领导分别发表讲话和主持会议。会场上更加引人注目的是，那一片上身着草绿 T 恤的 300 名老兵方队，他们都是几十年前在沂蒙服役的复原退伍军人。了解内情的都知道，正是由于这群年过花甲的老同志，在他们的老战友鹿成增

300 名沂蒙老兵参加开馆仪式

的倡议带头下，积极参与和慷慨相助，才在深山里建起了这座档次较高的红嫂纪念馆，也就有了这次庄严、隆重、高规格的大会。

一位老兵的"军民"情结

鹿成增，一位出生于沂蒙山 (沂源县)，又在沂蒙山入伍当兵 (临沂军分区)，1995 年转业的部队干部。20 多年来，他始终没有忘记自己曾经是一名人民军队的战士。部队的光荣传统，军人的神圣使命，永远都是他遵循的行为准则。从部队转业的第二年，组织上派他领办一个年产值不过百万元的亏损军工小型企业——恒远塑胶公司 (后改为山东恒源兵器科技股份公司)。正当他下定决心带领职工为扭转企业窘境而拼搏努力时，2006 年企业被改制为民营性质，并且还要腾出厂区改作他用，一夜之间，企业像断线的风筝让员工们不知所措。万般无奈之下，老鹿带着他的几十名职工，拉着一堆老旧机器移师泰安，靠借贷在泰山脚下安下了家。从此，鹿成增带领全体职工从头做起，经过数年打拼，公司终于扭亏为盈，这让老鹿悬着的心稍有放松。企业经营状况刚有转机，鹿成增便启动了他考虑多时的"工农联盟"设想。出身农民和有当兵经历的鹿成增，对农民有着特殊的感情，多年以前就有结对帮扶贫困农村的想法，只是没有条件。老鹿主动与距离公司2公里的南大圈村结成对子，帮助该村乡亲们致富。自2012年以来，他带领员工帮助乡亲们在山上种果植树，兴修水利，发展服务业，几年下来，累计投资达700余万元。谁能相信，一个职工不足百人，年产值不过两三千万的小型企业，会如此大方地无偿支持一个与本公司毫无关联的村子？每当有人问起这事，老鹿总是平淡地说：我是军人出身，"军爱民，民拥军"的传统我始终没忘，老百姓有困难我看着着急。

眼看着与南大圈的"工农新联盟"一步步走向成功，老鹿又开始了他新的尝试——在他和他的战友服役的沂蒙山区选一个自然条件较差的村子，约一部分在家赋闲的战友兴办一个助农项目，帮助老区的农民兄弟调整产业结构，生产优质农产品，打开山门打通销路，帮着农民致富奔小康。去哪里实施这个计划呢？鹿成增经过反复考虑，并征求沂蒙朋友的意见，最后选中了沂蒙红嫂祖秀莲的家乡——沂水县院东头镇桃棵子村。

做出这个决定的那天是2015年2月11日，农历腊月二十三日小年。

老鹿做事从来都是雷厉风行，要干的事说干就干。三天以后的腊月二十六日，他不顾岁末公司琐事缠身，约上几位老战友，驱车200公里来到沂水县桃棵子村考察。

桃棵子村地处沂蒙山腹地，四面环山，过去是一个舟车不通的地方，1971年，在临沂军分区当兵的鹿成增曾随部队拉练来过桃棵子。那时部队是踏着积雪，攀着崖壁过来的，如今这里早已通了柏油路，乡亲们的茅草屋也变成了红瓦房。光阴似箭，那次冬季拉练不觉已过去40多年，红嫂祖秀莲和被她救助的八路军侦察员郭伍士也都早已作古，长眠在挡阳柱山下，令老鹿他们感慨不已。在凛冽的寒风中，鹿成增走村串户，爬山越岭，了解了该村的农业、林业生产，参观了村里简易的红嫂纪念室、当年的知青院，他和他的战友们围坐在村支书张在召家的火炉旁，听了镇、村领导的介绍……

回公司的路上，鹿成增陷入了沉思，他想起了40多年前拉练时见到的红嫂张大娘和为感恩自愿来桃棵子落户的伤员郭伍士，想到了大娘冒着生命危险救助子弟兵的大义之举，鱼水深情。被誉为沂蒙红嫂的祖秀莲大娘，是沂蒙人民爱党爱军光荣传统的优秀代表，是人民子弟兵的母亲，自己作为一名沂蒙老兵，理应为弘扬沂蒙红嫂精神做点事情。通过考察他觉得，桃棵子村现在推广山地里种姜，发展势头还不错，故已不适宜再做种植调整，而这里独特的红色文化还有待挖掘，特别是那感天动地的红嫂精神，郭伍士的感恩义举，多么值得弘扬和传承。再说，做好红色文化这篇大文章，不但有其重要的历史、现实意义，而且有可能带动老区的乡村旅游，为乡亲们发展服务业创造条件……想到这些，鹿成增按捺不住激动的心情，一幅红色文化图画在大脑中逐步清晰。

沂蒙老兵合唱队高唱抗日歌曲

2015 年的春节假期，鹿成增没有闲下来过节，他把自己关在屋子里，经过慎重思考和查阅有关资料，提出了建设沂蒙红嫂祖秀莲纪念馆、沂蒙红嫂文化馆，修复红嫂故居、知青馆等工程实施方案。

兵贵神速。大年初四，鹿成增委托一位沂水的朋友带着他的方案征求意见稿，前去沂水院东头镇桃棵子村征求当地领导的意见。当镇和村里的领导看了那份简明扼要的方案后，他们不禁被这位企业老总一颗炽热的赤子之心感动了。有的同志深有感触地说：原来觉得鹿老板来这里看看是寻找商机的，没想到人家根本不为名利，不图回报，为了弘扬红嫂精神无私奉献，这样的企业老总真是打着灯笼也难找啊！

正月十二日，镇党委书记朱丽霞带着镇村有关负责同志远赴泰安，与鹿成增董事长进行了对接，双方就红嫂祖秀莲纪念馆等工程建设问题统一了意见，这个项目就这样毫无悬念地敲定了。

"深圳速度"

在紧锣密鼓地做好规划、设计、整体布局的同时，4 月 15 日，两挂鞭炮炸响后，红嫂祖秀莲纪念馆破土动工了。挖掘机高高举起的铁臂和震耳的轰鸣声，引来了无数的村民和路人，这个昔日寂静的小山村从此掀开了崭新的一页。

为了使红嫂纪念馆建得美观、庄重、典雅，鹿成增从同济大学聘请了一位建筑专家做指导，委托泰安一家设计院设计、制图，根据沂蒙建筑特点和革命纪念地红色文化元素风格，最后确定了该纪念馆为青瓦白墙，窗台以下石砌，正门以上用斗拱，中间镶嵌红色五角星（与江西革命纪念地的有些建筑相似）的南北结合的平房建筑，建筑面积 320 平方米。同时，沂蒙老兵代表也多次开会论证，集思广益。如在纪念馆中间隔出一间放映厅，就是济南战友张建国提出的。他认为在游客参观展出内容前先看上一部描写红嫂救伤员的短片，有利于观者特别是年轻人对整个故事的深入了解，可起到解疑释惑作用。这条建议被采用了，这位原来从事电视台工作的老台长不负众望，很快拍摄制作了一部 17 分钟的纪录片《母子情深》。开馆以后的事实证明，这部短片艺术感染力极强，达到了预期的效果。

2015 年 9 月 13 日，是中国人民抗日战争胜利 70 周年纪念日，鹿成增说，郭伍士是在抗日战场上负的伤，祖秀莲救助的是身负重伤的抗日英雄，这段抗战时期的军民鱼水情佳话要在抗战纪念日展现出来，把开馆仪式同时作为一项纪念活动，不是更有意义吗？这个建议一提出，得到了大家的一致赞同。为了赶在 9 月前按时开馆，所有工程和布展工作都要在八月底前完成，并确定 8 月 28 日举行开馆仪式。这时，距开馆时间满打满算仅仅 4 个月时间，要同时完成纪念馆的土建、装修、布展和整个村子的其他配套工程，其难度可想而知。为了确保工程进度和质量，公司负责建筑的工程师出任工程监理，在桃棵子一住就是几个月。纪念馆主体完成后，装修、布展的任务成为重头戏，负责展出设计的"专家"战友马建政和沂水县熟悉这段历史的同志，住在桃棵子近两个月，精心为展厅设计布展。从收集资料文物，到每件图片、实物的分类，再到具体位置的安排和文字说明，无不进行反复研究推敲，力求做得真实、完美。

展厅中需要的巨幅油画、沂蒙红嫂雕像的设计制作等等，都得到了那些才艺双全的老战友们的无私支援。老区干部群众感动不已，都说好像当年的拉练部队又回来了。

工程进展速度是快的。如在纪念馆的门厅展出的由临沂战友王幼平创作的巨幅油画，在第二展区安放的两尊红嫂蜡像，在红嫂故居新增一尊红色半身雕像，对原知青屋增加一处知青文化展室和五位人物造型的蜡像等，都及时到位。馆前广场刚刚推平，那尊 10 吨重的沂蒙红嫂石雕像已矗立在广场中央。红嫂故居的修复，拥军广场、红嫂舞台的搭建，藏兵洞的复原，以及"军区招

新建成的沂蒙红嫂祖秀莲纪念馆

待所"的室内设施安排等等，也齐头并进，一天都没耽搁，均是按时或提前完成。这一切无不凝聚着鹿成增和他的战友们的辛苦和汗水。在 8 月 28 日开馆仪式上，当有位领导得知这所有的一切仅用 4 个月完成时，不由感慨地说，这可真是超过"深圳速度"啊！

桃棵子人的节日

对久居深山中的桃棵子人来说，新中国成立后 60 多年间的经历中，有两件事是他们刻骨铭心、难以忘怀的。一是 1971 年解放军野营拉练部队到来的那个冬日；再是 2015 年 8 月 28 日的红嫂祖秀莲纪念馆落成典礼。桃棵子人说，这两天的心情那是比过年都好啊！巧的是，经过了近半个世纪的时空转换，谁会相信在这两件大事中，走进桃棵子的竟是同一群人。

有人说，这不是历史的巧合，这是"军民鱼水情"的延续。

1971 年那个滴水成冰的冬日，中国人民解放军临沂军分区的一支部队执行野营拉练任务开进了桃棵子。第一次近距离接触那么多解放军，令乡亲们无比激动和大开眼界。家家户户像当年迎接八路军一样，把同志们领回家，为他们铺床、烧洗脚水，把平日舍不得吃的花生炒上，鸡蛋煮上，把热气腾腾的姜汤端上，感动得战士们一个个热泪盈眶。部队官兵住下后不顾鞍马劳顿，争相为乡亲们挑水、劈柴、打扫卫生。红嫂张大娘家里更是熙来攘往，干部战士都想为老人家做点事，听她讲当年救伤员的故事，文艺宣传队还专门为老人家演出了专场。当部队告别乡亲们踏上征程时，全村男女老少齐刷刷地来到村口含泪告别亲人解放军。这感人的一幕至今仍被桃棵子人所津津乐道。

让乡亲们想不到的是，2015 年这帮前来建设红嫂纪念馆的老同志，就是 40 多年前在桃棵子住过的野营拉练官兵。别看这些年逾花甲的老兵早已脱下军装，但在他们各人的心底里，自己仍然是一个兵，是一个为人民服务的战士。鹿成增常说，在桃棵子，驻扎时间最长的是我们这个部队，和红嫂祖秀莲合影最多的也是我们这个部队，今天我们为红嫂的家乡做点实事也是多年的夙愿。事实的确如此，当鹿成增提出了他的这个想法后，得到了众多战友的积极响应。大家有钱的出钱，有力的出力，都把桃棵子当作自己的故乡，以弘扬红嫂精神为己任。大家不但为"红馆"捐了款，还积极为建设"红馆"献计出力。在此期间，济南、临沂、青岛等各地的好多同志多次前往桃棵子，为红嫂纪念馆的建设出力献策。

在这里，不能不重点说一下为纪念抗日战争胜利 70 周年暨沂蒙红嫂祖秀莲纪念馆开馆大会上那场精彩的文艺演出。20 世纪六七十年代，临沂军分区有一个专业水准较高的文艺宣传队，那时分区首长有个不成文的要求，就是征兵时在同等条件下，注重选拔一部分具有文艺特长的青年入伍，那些被选拔来的青年都是地方或学校的文艺骨干，个个身怀绝技，可以说吹拉弹唱样样精通。所以，宣传队虽是业余，但业务绝对专业。这些文艺兵在退伍后依然保持着各自的爱好，花甲之年兴趣丝毫不减当年。当确定了 8 月 28 日大会需要一场文艺晚会时，魏茂全老总和王延胜老政委立即想到了多才多艺的战友们。那些当年的文艺兵为这场演出表现出极大的热情，从 3 月份开始创作编排节目，克服居住分散（分布在山东、江苏两省），家务缠身等困难，采取分头排练，有分有合，最后集中彩排的方式，为纪念抗日战争胜利 70 周年和红嫂祖秀莲纪念馆开馆仪式献上了两个小时的精彩节目。激昂的抗日歌曲大合唱，优美动情的独唱《愿亲人早日养好伤》，激情四溢的现代京剧选段，歌颂军民融合的戏剧小品，活泼的军营舞蹈等等，把一台军爱民，民拥军，军民鱼水情谊深的高质量节目奉献给老区人民，受到干部群众的交口称赞。沂水县的文艺工作者们也为老兵们献上了一曲《看见你们格外亲》和诗朗诵《老兵情怀》，把这场联欢会推向高潮，也让这些老兵们感到老区拥军热情不减当年。

红嫂祖秀莲纪念馆一角

桃棵子和附近村庄的乡亲们，都曾是当年拉练部队的房东，他们把沂蒙战友当成一家人，对红嫂纪念馆的建设给予了多方面的配合支持。有的为纪念馆捐助了沙发及广场上用的马扎；有的翻出保存多年的文物无偿献给纪念馆；一位在北京工作的老乡书画家听说建成"红馆"后，专门回乡为红嫂故居创作了字画，题写了馆名；纪念馆红嫂蜡像处需放置的板凳、纺线的棉花、线穗、鞋底、墙上的年画等等，都是乡亲们自发献上的。为庆祝红嫂纪念馆的落成，感恩沂蒙老兵的倾力相助，包括郭伍士的儿媳妇、外甥媳妇、村支书张在召妻子等十几位女村民，自发排练了舞蹈《沂蒙颂》，与老兵们同台演出。

红嫂纪念馆建成后，必然会迎来参观的八方来客，山村的道路、停车等问题必须提前考虑。桃棵子村两委把此事作为村里的头等大事来做。党支部书记张在召，这个 1971 年出生的红嫂后人，曾和拉练部队有过一些渊源，用他的话说是有特殊关系的。据说，当年拉练部队进驻桃棵子时，张在召刚出生 4 个多月。那时张家因子女多劳力少等原因，生活一度非常困难。住在张家的独立营张营长看在眼里，急在心里，与张在召父母商量，由他来抚养这个年幼的孩子，为这个特困家庭减轻一些负担。就在部队即将开拔，张营长他们准备带走孩子的那一刻，因在召父母实在舍不得骨肉分离而中途变卦。张在召差一点成了队伍上的人，这一点在他长大后一直牢记心怀，他有幸在 40 多年后见到了这些好心的叔叔阿姨们，心中感到尤为亲切。人到中年的他似焕发了青春，为配合好建馆等工作，他指挥施工队加班加点修路、植树、平整地面、硬化道路和停车场，提前做好开馆前方方面面的准备工作。由于工作做在了前头，在纪念馆落成的同时，其他所有配套工程和准备工作也同时完工，为按时开馆赢得了主动。

自红嫂祖秀莲纪念馆及其附属设施建成对公众开放，至本文完稿的 8 个月时间，已有两万多人前来桃棵子参观，其中 7000 人是有组织的学习团队。省、市有些单位还在此设立了爱国主义和革命传统教育基地，伟大的红嫂精神得到了进一步传播和弘扬。下一步桃棵子还有什么大动作？继续扶助老区的鹿成增董事长和他的战友已给出了答案：那就是以红色文化为引领，利用桃棵子山清水秀崮险的资源优势，做好"绿色生态""红色旅游"等文章，为桃棵子的乡亲们致富奔小康再添新的动力。

可以相信，不出两年，桃棵子的乡村旅游会迎来大的变化和发展，昔日寂静的挡阳柱山脉定会变成沸腾的群山。

从《红嫂》到《红云岗》

穴素素

　　1961 年，山东作家刘知侠根据沂水县张大娘（桃棵子村的祖秀莲）救护伤员郭伍士的真实故事创作了中篇小说《沂蒙山的故事》和短篇小说《红嫂》。小说发表后立即引起了广泛的关注，因为红嫂的故事生动地体现了战争年代的军民鱼水情。

《红嫂》剧照

1963 年秋，为了繁荣京剧现代戏创作，文化部决定次年在北京举行全国性的京剧观摩演出。为挑选出优秀的剧目参加演出，山东省文化厅决定在全省举行京剧会演。淄博市京剧团将作家刘知侠创作的小说《红嫂》，改编成了现代戏准备参加汇演。

起初，《红嫂》的排练表演并不顺利，剧本的编写，人物形象的塑造，还有唱腔上的形式等好多方面都需要仔细揣摩与学习。因为他们毕竟远离"红嫂"家乡，时间紧迫又不能拿出很多的时间深入了解和体验生活，创作上的困难可想而知。但是，在困难面前，淄博市京剧团迎难而上，功夫不负有心人，经过全团的努力，在山东省京剧会演中，淄博京剧团的《红嫂》脱颖而出。剧中红嫂救护伤员，冒着生命危险为伤员送饭、采药疗伤的感人故事情节一直牵动着台下观众的心，特别是红嫂救助伤员，把伤员安全转移的那场戏，台下响起了雷鸣般的掌声。此次会演中，淄博京剧团的《红嫂》与山东省京剧团的《奇袭白虎团》（"一红一白"）一起获得了进京参加全国京剧观摩演出的入场券。

1964 年 6 月 20 日，《红嫂》参加了全国京剧大会演，这次饰演红嫂的演员，是专门从青岛京剧团调来的著名梅派青衣张春秋。据说那是进京前 20 多天才做出的决定，张春秋不负众望，不分昼夜加班加点，所有唱词唱腔及动作设计在仅有的 20 天里一气呵成。《红嫂》演出的第一场是在北京的二七剧场。精彩的表演，感人的剧情，博得了全场观众的阵阵喝彩。在首都剧场演第二场的时候，刚刚结束国外访问的周恩来总理也前来观看会演。据当时演职人员说，周总理是自己买票进来观看的，他们演出结束后才看到周总理。周总理上台接见了演员们，并夸奖他们剧目题材写得好，演员演得好。此后，周总理还专门召集了《红嫂》剧团领导召开了座谈会，在会上总理就《红嫂》乐曲、唱腔提出了自己的意见和建议。此次全国京剧观摩演出后，《红嫂》正式面世，红嫂故事由此传播开来，红嫂的形象慢慢深入人心，被众人所知。各地京剧团和地方剧团也都掀起了"《红嫂》热"，纷纷效法山东排演《红嫂》剧，到淄博京剧团和红嫂故里学习、取经的艺术家络绎不绝。

革命现代京剧

红云岗

彩色影片

演员表

山东省京剧团《红云岗》剧组创作演出

导演 李昂 李文虎
摄影 黄夫翔 曹进云

中国人民解放军八一电影制片厂摄制

英嫂 张春秋
方铁军 杨志刚
郑英田 刘玉铭
王成山 李纸刚
张大娘 原光
刁鬼 王玉谨
侯山 王信生

中国电影公司发行

现代京剧《红云岗》海报

　　全国京剧观摩演出结束后，1964 年 8 月 12 日，《红嫂》与《奇袭白虎团》剧组专程到北戴河为毛泽东、朱德等党和国家领导人演出。毛主席在观看过程中频频点头，以示赞赏。演出结束后，毛主席上台接见了剧组和演职人员，他握着红嫂的饰演者张春秋的手说："哎呀，谢谢你们，演得好！"并与全体演职人员合影留念。在随后召开的座谈会上，毛主席还对这部戏进行了细致的点评和赞赏，给了大家极大的鼓舞。他说："《红嫂》这出戏是军民鱼水情的戏，演得很好，要拍成电影，教育更多的人，做共和国的新红嫂。"《红嫂》在全国产生了巨大的反响。

1964年，文化部决定将《红嫂》拍成电影。为了将《红嫂》中的人物形象演绎得更加生动灵活，演员们先后多次到沂蒙山区红嫂故乡体验生活。

在沂蒙红嫂祖秀莲纪念馆里，展出了许多《红嫂》剧组在桃棵子村体验生活的旧照，有主要演员张春秋看望"红嫂"原型祖秀莲的照片，有张春秋等演职人员在地里劳动的照片，还有张春秋等在田间地头为社员演唱京剧选段的照片等等。这些泛黄的照片告诉我们，为了将《红嫂》打造成精品剧，艺术家们确实是下了一番功夫的。他们通过对老区和"红嫂"原型的走访，了解到更详细的故事背景资料，对剧本进行了反复的修改。1975年，山东京剧团《红云岗》(此时剧名已由《红嫂》改为《红云岗》，张春秋主演) 剧组还专门赴红嫂故乡沂水巡回演出多场征求意见。但是，电影版《红嫂》的拍摄并不是很顺利，开拍转过年来，周恩来、朱德、毛泽东等党和国家领导人先后去世，又经历了唐山大地震，电影拍摄一直是拍拍停停。直到1976年9月底，电影才最终拍完。

从电影的最初摄制决定到电影的开始拍摄，已有12年之久。演员们也早已不再年轻，红嫂饰演者张春秋感慨地说："刚接红嫂任务时我38岁，拍成电影的时候已50出头了，红嫂都熬成'红奶奶'了！"

从《红嫂》到《红云岗》改变的是名字，改变的是艺术表现形式，但不变的是红嫂精神，不变的是军民一家的鱼水深情。"续一把蒙山柴炉火更旺，添一瓢沂河水情深意长"，唱着这一曲激情洋溢、感人肺腑的"沂蒙颂"，让我们把红嫂牢记心中，传承红嫂精神，缅怀革命先驱，让"军民鱼水情"焕发新的光彩。

《沂蒙颂》剧组取经红嫂故里

王洁洁

现代舞剧《沂蒙颂》是继《红色娘子军》《白毛女》后，又一部用芭蕾舞表现革命题材的舞剧。1970 年，中国舞剧团（原中央芭蕾舞剧团）根据有关领导意见，决定将 1964 年就已上演的京剧《红嫂》改成芭蕾舞剧（后改名为《沂蒙颂》），因为早在 1964 年毛主席在北戴河观看该剧，接见剧组演职人员时说过：《红嫂》这出戏是军民鱼水情的戏，演得很好，要拍成电影，教育更多的人，做共和国的新红嫂。已经 6 年过去了，拍一部舞剧电影也不失为一种弥补的好办法。

任务下达以后，中国舞剧团迅速成立了由李承祥、徐杰、栗承廉、郭冰玲为编导，马运洪任舞美设计，刘廷禹、刘霖及之后又由杜鸣心参加作曲的《沂蒙颂》创作班子。剧编导们认为，创作一台舞剧不是拿京剧本子简单地改编，而是一次全新意义上的创作，而要达到理想的目标，首要的任务是前往老区体验生活，在此基础上进行剧本的构思。

兵贵神速，中国舞剧团在筛选好人马后，立即组织了一个庞大的创作演出团队。剧组于春寒料峭的 1971 年初春下到山东省沂蒙山区的沂水县学习和体验生活。

1971 年 2 月 25 日，地处沂蒙山区腹地的红嫂故里沂水县迎来了首批体验生活的艺术家，这次下基层体验生活的阵容之大、时间之长，可以说是前所未有的——一行76人在沂水住了34天。

这个体验生活的团队从北京乘车到达沂水后，执意不住县城招待所，于当天下午（2月25日）直接进驻了沂水西部山区的王庄。王庄当时是区（后改为王庄公社）革委会驻地，1938～1939年，这里曾是苏鲁豫皖边区省委和中共中央山东分局所在地，是中共中央山东分局、八路军山东纵队的诞生地，也是《大众日报》的创刊地。罗荣桓、徐向前、陈毅三位元帅曾经在这里工作和指挥战斗；根据地的群众爱党爱军踊跃支前，具有光荣的革命传统；这里民风朴实，具有浓郁的沂蒙风情、沂蒙文化，是沂蒙精神的发祥地之一。所以，团队还未出发时，便选中了这个沂蒙"圣地"。另外，比起红嫂家乡桃棵子来，这里交通方便，并且与红嫂原型祖秀莲的村——桃棵子只一山之隔，与沂蒙山区中心地带的其他县如沂源、蒙阴、沂南等相邻，便于小分队分头活动。据县里的老同志讲，这也是本县历史上接待的最高级别的文艺团体。

来到沂水县王庄后，舞剧团所有演职人员都住在了社员家里，做到与社员群众同吃同住同劳动。据《中国舞剧团到临沂地区沂水县王庄区体验生活的情况报告》（以下简称《报告》）记载和有关同志回忆，舞剧团的同志在沂水的30多天时间里，先后请"三老"和英雄模范人物举行报告会15次。其中由奇袭白虎团的战斗英雄、9624部队副师长杨育才（驻临沂）介绍了奇袭白虎团的英雄业绩；沂水县诸葛区红石崖大队党支部书记武善廷介绍了为保守党的机密宁死不屈，与日本鬼子同归于尽的武善桐烈士的英雄事迹；还有民兵战斗英雄武继友、李春增，支前模范朱凤兰等也介绍了当年的战斗事迹。他们特地翻过高山，步行近20公里来到桃棵子村，拜访了"沂蒙红嫂"原型张大娘（祖秀莲）和被她从死亡线上救活的八路军侦察员郭伍士。被救的伤员郭伍士本是山西人，他为报答大娘救命之恩来桃棵子落户，与张大娘结为母子关系。娘俩深情回忆了30年前郭伍士挡阳柱山战斗身负重伤，张大娘拼死相救

中国舞剧团演员与郭伍士合影

并藏在山洞里养伤近一个月的经历，向大家讲述了战争年代军爱民、民拥军，军民团结一家亲的鱼水之情，让前来学习的剧团演职人员受到了一次深刻的传统教育，纷纷表示一定要学习红嫂精神，创作好《红嫂》剧本，演好"红嫂"这出大戏。在此期间，剧组还为张大娘和群众演出了舞剧《红色娘子军》选场。

为了该剧的创作，舞剧团的同志们还开展了广泛的社会调查，走访了多地群众。据《报告》统计，共登门拜访群众150余户，召开小型座谈会100余次，获得了大量的创作素材，汲取了丰富的精神营养，为日后舞剧《沂蒙颂》的创作和演出打下了坚实的生活基础。

当年中国舞剧团在沂水体验生活是切实下了一番功夫的。沂水县和王庄区当年上报的《报告》中有这样的描述：舞剧团的同志在沂水期间，坚持与社员同吃同住同劳动。在王庄与社员一起植树75000棵，整修大寨田7亩，修筑河坝4道总长840米，整修地堰3200处，从不叫苦叫累。当时干部群众称赞舞剧团的一段话是："心红手巧干劲猛，庄稼活里逞英雄。个个干活赛猛虎，人人练得思想红。"他们还在繁忙的工作和紧张的劳动中抽出时间，为群众演出文艺节目，先后在沂水城、王庄等大队演出8场。观众达50000余人次；放映《红色娘子军》彩色影片40场，观众达20余万人次。艺术家们还抽出宝贵时间，为沂水、沂南等县文艺宣传队进行业务辅导，使这些宣传队在歌舞类方面有了一个大的提高。舞剧团体验生活期间关心群众生活，帮助困难群众排忧解难，为老区人民做了很多有益的事情。

舞剧团的创作班子及演职人员深入老区，经过认真地体验生活和艺术采风，从中吸收到极大的精神文化营养。我们从1975年电影版《沂蒙颂》中可以看出，该剧沂蒙山的韵味特别突出，从着装、舞美、生活细节等各方面，无不体现着沂蒙文化的方方面面。给观众印象最深刻的是那深蓝色印花粗布（服装、门帘、片头背景均有涉及）、舀水的葫芦瓢、泥做的火炉、沂蒙山独有的山崮、遮挡洞口的葛藤……还有那村姑的朴素装束和挖野菜的轻巧舞步，谁说不像沂蒙"识字班"？在沂蒙红嫂祖秀莲纪念馆第四展区的橱窗里，陈列着一本当年主创人员在此采风时画的服装设计图案，对于剧中的各类人物的服装样式及尺寸，都一一用铅笔钩出了素描画，可见体验生活的艺术家是带着问题来学习的。还有整个《沂蒙颂》的音乐是悦耳动听贴近沂蒙风格的，特别是把沂蒙山小调作为主旋律音乐，始终给观众以激情和美的享受。唯一的插曲《愿亲人早日养好伤》，更是令人叫绝，成为那个年代人人学唱的经典歌曲，甚至唱到40年后的今天，其魅力仍不减当年。

舞剧《沂蒙颂》剧照

　　据当年参加接待的老同志讲，舞剧团来沂水集中一个多月时间体验生活后，一直到这年六月的半年时间里，创作组又抽出部分人员数次来到沂蒙，他们不仅与社员同吃同住同劳动，而且通过走访座谈，积累了丰富的创作素材，受到了一次次革命传统教育。他们来到与桃棵了相隔一座山的"堡垒村"西墙峪村，更是受到

舞剧《沂蒙颂》剧照

了"战斗的洗礼"。战争年代被誉为"山纵的好后勤"的西墙峪村，曾是山东纵队医院的所在地，抗战时期经常有数百人在这里治病疗伤，一百多户人家的村庄，家家都要接纳二至三名伤员在自己家里住，老百姓情愿自己睡柴草窝，也要腾出床来做病床。敌人要来了，首先想到的是把伤病员先藏进山洞里。这些体现着军民鱼水情的真实生动的素材的获得，使创作人员无比激动和感奋。曾担任过中央芭蕾舞团团长的著名舞蹈家、《沂蒙颂》编导李承祥这样回忆道：踏上沂蒙老区的红土地，就会明白"鱼水深情"这四个字的分量。在革命老区，当年家家都是医院，个个都是护士，老百姓对子弟兵比自家人还亲。

老区人的淳朴善良，不仅成为丰富的创作素材，更成为艺术家们珍贵的记忆。多年后李承祥回忆道：年初那次下乡体验生活，天气还比较冷，老乡看我们穿得单薄，大娘们非要把一叠布票塞

在沂水体验生活的《沂蒙颂》演职人员与当地干部、英模人物代表合影

到我们手里，叮嘱说回去一定要做件衣服啊！老乡们自己吃得再差，都要想法子给我们做好吃的，一碗面条盛上来，吃到最后，发现底下还藏着一个鸡蛋，这本是他们准备卖了贴补家用的啊！

著名作曲家刘廷禹在参加体验生活后曾深情地说：沂蒙山是革命老区，那里的人民为了中国革命的胜利付出了巨大的代价，感人的故事数不胜数。而舞剧《沂蒙颂》所描写的就是其中的一个……剧中的红嫂，确有其人其事。为此我除了对主人公原型的采访，还收集了大量的音乐素材，如柳琴、梆子等。为了使舞剧的音乐具有山东地方特色，更加贴近剧情，贴近人物，几位作曲家又去了胶东，对胶东的民间秧歌、民间小调及整个山东的戏曲音乐都进行了广泛的搜集。经过反复对比和深入思考，最后决定用人们熟知的沂蒙山小调作为音乐的主旋律和主题，并在体验生活期间首先写出了那首脍炙人口的插曲《愿亲人早日养好伤》。

作曲家刘廷禹曾深有体会地说：作为舞剧，一是靠演员的形体表演内容，二是靠音乐说话。这首剧中仅有的歌曲，在音乐上没有原始的素材，而是抓住了小调的典型音型、旋律走势，以及可借发展的调式调性，结合节奏、手法上的变化创作出来的。

1972 年初，当芭蕾舞剧《沂蒙颂》在北京天桥剧场进行试验性公演时，该剧优美的音乐在当时引起了很大的反响。有位艺术家深有感慨地说：在那个时代，无论是"样板戏"，还是其他的创作歌曲，要么是豪情激荡，要么是慷慨激昂。然而《沂蒙颂》的音乐，却一改当时的风气，以深沉、委婉、细腻而又有张有弛的情感抒发，将"英嫂"这个普通农家妇女正直善良的内心世界和情绪波澜作了淋漓尽致的刻画。尤其是由《沂蒙山小调》衍化而来的那首歌曲《愿亲人早日养好伤》，一下子不胫而走，成了当时人们唯一能挂在嘴边的抒情歌曲。在剧中演唱这首歌的演员单秀荣，也像在芭蕾舞剧《白毛女》中领唱的朱逢博一样，名声大振，成了备受公众欢迎的歌唱演员。

在北京试演后不久，剧组全体成员带着新生的《沂蒙颂》回到"家乡"沂蒙山。"家乡"的乡亲们搭起土台子，用盖汽车的油毡布铺在台上，除了一些小型道具外，包括英嫂熬鸡汤用的炉子等都是从农户里借的。听说北京的剧团来跳"独脚舞"，十里八乡的群众蜂拥而来，崎岖的山路上出现了很多推着老人的独轮车，多年不出门的老大爷、老大娘也被儿孙们推着来看戏，连山坡上都站满了人，观众多达4万余人。

1973年5月16日，《沂蒙颂》正式首演于北京天桥剧场。《沂蒙颂》诞生后，曾多次在北京、上海、广州等多地演出，1976年还出访德国、奥地利等国家。1975年由八一电影制片厂拍成电影在全国公映。从此，"蒙山高，沂水长"的旋律响彻神州大地。

第五编·纵论“红学”

"红嫂"这一特殊称谓的由来

刘海洲

近些年来，随着临沂市知名度的逐步提高和宣传部门对"沂蒙精神"的大力弘扬与传播，随着全国人民对"沂蒙精神"的深入认知，沂蒙"红嫂"的事迹和精神已经广为世人所知，"红嫂"已经成为沂蒙山区的鲜明符号，成为革命战争年代沂蒙山区拥军爱军无私奉献的象征。但是，"红嫂"这一名称最早是怎么来的呢？

"红嫂"是一个塑造得非常成功因而感动了全国人民的文学艺术形象！"红嫂"是对在革命战争年代中，沂蒙山区革命根据地无私救助我军伤病员的那些众多媳妇、大娘的英雄群体的称谓，是对沂蒙山区为革命战争做出巨大贡献的妇女群体的高度概括！"红嫂"是一个泛称，也是一个"爱称"，她充满了对沂蒙优秀妇女的深深敬意和喜爱。

"红嫂"这个名称来自刘知侠1961年发表的小说《红嫂》。众所周知，小说有较强的虚构性，用文学术语说，它"来源于生活但又高于生活"。作为文学中的典型形象"红嫂"来说，她和其他文学典型一样，也是由现实生活中的众多原型人物，用文学手法高度概括提炼而成的。她以一个人或几个人为主，集合了沂蒙革命老区无数个拥军支前的革命妇女众多事迹而写成的。事实上，

京剧《红嫂》剧照

刘知侠创作《红嫂》时，在沂蒙山区采访了好多个救助过我军伤病员的妇女，在沂水县东岭苹果园（现为东皋公园）的看园小屋里写作《沂蒙山的故事》时，采访记录的手稿装满了整整两个皮箱。可以说，"红嫂"是对沂蒙老区无数在革命战争年代拥军爱军、无私奉献的女性的总称、尊称和爱称。

刘知侠《红嫂》中的主人公"红嫂"，由于这个文学形象塑造得非常感人，作品在《上海文学》(1961年8期) 发表后在全国引起了极大反响，赢得了全国人民的喜爱，红嫂的故事和精神感动了无数人，因而这一形象迅速红遍了全国，后又改编成京剧、舞剧在全国演出，并得到了毛泽东主席等中央领导的充分肯定。现在"红嫂"一词，已经成为革命战争年代沂蒙革命妇女的代名词。

那么，"红嫂"这个文学形象是怎么诞生的呢？

沂蒙山区在革命战争年代为中国民族独立和解放事业做出过巨大的贡献，其中沂蒙妇女的贡献尤其突出，她们碾军粮，做军鞋，送夫送子参军，传递情报，掩护救治我军伤病员……著名作家刘知侠在革命战争年代曾在沂蒙山区工作过，所以，20世纪60年代初，他就来沂蒙山区寻找创作素材，随着采访和创作的不断深入，一个集中了众多勤劳朴实、无私奉献、真心拥护人民子弟兵的妇女形象，便渐渐在作家的头脑中孕育而成，化为一个永远放射着灿烂光辉的文学形象——"红嫂"。

小说《红嫂》不是刘知侠反映沂蒙根据地革命战争故事的第一本书。在《红嫂》之前，刘知侠先写了一本纪实成分较大的《沂蒙山的故事》。在《沂蒙山的故事》里面，就写到了一位"红嫂"式的人物"张大娘"。如果认真研读这两本书的话，可以很明显地看出：《红嫂》中的"红嫂"这个人物脱胎于《沂蒙山的故事》之中的"张大娘"。

1960年，著名作家刘知侠在沂水东岭创作《沂蒙山的故事》，1961年春创作完成。作者在小说结尾之后写着"1961年3月26日于沂水东岭"。这是一部由多个相对独立故事连缀而成的小长篇，同年8月，该作品由山东人民出版社出版发行。

几乎就在创作《沂蒙山的故事》的同时，刘知侠又写成了《红嫂》，发表在1961年第八期的《上海文学》上，作者在文末注明为"1961年4月25日写完于沂水东岭"。

从时间上看，《红嫂》比《沂蒙山的故事》整整晚了一个月，也许是在写完《沂蒙山的故事》后，作者意犹未尽，因而在一个月内迅速完成了《红嫂》的创作；也许，作者在写作《沂蒙山的故事》时，就已经动手《红嫂》的创作了。如果细心研究这两部作品的故事情节和人物形象的话，会很清楚地看出，《红嫂》脱胎于《沂蒙山的故事》。《沂蒙山的故事》在先，《红嫂》于后，《红嫂》是在《沂蒙山的故事》的基础上，主题与人物形象的进一步概括与提升。"红嫂"这个形象，是由《沂蒙山的故事》中的"张大娘"演化而来的。

《沂蒙山的故事》以第一人称的叙述角度，以现实采访和回忆插叙相结合的方式，叙写了沂蒙山区根据地军民在反"扫荡"的残酷岁月里，多个可歌可泣的英雄故事。"故事中，有在敌人'铁壁合围'的艰苦环境坚持反'扫荡'的战士；有在极度危险的情况下支援军队、救护伤员、掩护革命干部的群众；有在敌人刺刀下，机智勇敢、壮烈牺牲的党委书记；有在敌人星罗棋布的据点之间，带领军队胜利突围的民兵……"（摘自该书"内容提要"）全书共十一节，分别是：

一、在东岭上

二、风雪之夜

三、路　遇

四、张大娘家里

五、山西人

六、解　放

七、诞生地

八、赤石崮

九、向　导

十、一碗鸡汤

十一、尾　声

正如该书"内容提要"所说，本书写了几个人物，这几个人物分别属于四个故事。一个故事是"张大娘"掩护、救助了"山西人"的抗日战士；一个故事是"路遇"了回到"诞生地"看望亲人的"蒙生"(这个革命者的孩子出生在堡垒户家里，和李存葆《高山下的花环》中的"蒙生"一样)；一个是党委武书记在"赤石崮"上抱着鬼子摔下山崖，和敌人同归于尽；一个是青年农民(民兵)为我军当"向导"，带领我军走出敌占区。

这几个故事是穿插在一起写的，不是独立分篇的。

相对于《沂蒙山的故事》而言，《红嫂》只写了一个独立完整的故事，那就是"红嫂"救助了一个身负重伤的战士，用她的"乳汁"和"鸡汤"挽救了战士的生命。

京剧《红嫂》剧组在红嫂故里参加劳动

把两个作品对比来看，《沂蒙山的故事》人物多，故事分散不集中；《红嫂》只写了一个年轻秀气的媳妇——"红嫂"，故事集中单一，人物形象更加鲜明突出，又加上人物取名于"红嫂"。"红"即是人物的象征（年轻、热情、漂亮等），又是革命的象征，所以，虽然《沂蒙山的故事》和《红嫂》同在 1961 年 8 月面世，但是《红嫂》给读者的感染力、震撼力和传播速度，都远远大于《沂蒙山的故事》——尽管《沂蒙山的故事》里的故事和人物也很感人。

为什么说《红嫂》是在《沂蒙山的故事》基础上，进一步提炼而成的呢？只要读过这两本书的话，两者的承袭关系是很清楚的。

其一：《红嫂》的故事是在《沂蒙山的故事》里的主要故事"张大娘救伤员"的基础上加工扩展写成的。

作者在完成《沂蒙山的故事》后，深深为沂蒙人民的无私奉献精神所感染，写完后还觉得意犹未尽，尤其是一个在当时来说非常奇特的情节——"用乳汁救活奄奄一息的重伤员"——没有写进去，而这个情节绝对是有震撼力的。作者为什么不把这个"乳汁救伤员"的情节使用在《沂蒙山的故事》里呢？这是因为作者只是听说了这个情节，但他不知道这个伟大的女性是谁？就连提供这个情节的那位干部也不知道是谁？刘知侠虽然懂得"艺术加工""合理虚构"的文学常识，但他又受了真人真事的局限："张大娘"五十多岁了，早已超过了生育哺育期，把"哺乳"这个情节嫁接在张大娘身上是不合适的，于是就忍痛割爱，舍弃了这个情节。作者在完成《沂蒙山的故事》后，马上就在前书的基础上，迅速完成了《红嫂》。为了避免两个小说的内容重复，作者做了两个较大的变化，一是人物设计有变化：年纪老的张大娘变为年轻的红嫂。二是年代有区别：《沂蒙山的故事》时代背景是抗日战争时期，《红嫂》的故事发生放在了解放战争期间（孟良崮战役时）。

其二：从创作时间上看，1961 年 3 月 26 日刚刚完成《沂蒙的故事》，紧接着 4 月 25 日就写完了《红嫂》。我们完全可以把这两个作品看作是同一个作品的前后两个版本，即《沂蒙山的故事》是故事略显松散杂乱的第一版，《红嫂》是大幅度"整容"提高的第二版。也许作者在写《沂蒙山的故事》时就已经酝酿着另写一部更受读者喜爱的小说，主要情节就是"乳汁救伤员"。作为一个著名作家来说，刘知侠非常明白"乳汁救伤员"这一情节的文学价值，他知道单凭这一个细节，就能诞生一部伟大的作品！于是，他紧乘着《沂蒙山的故事》创作的热情，马上写出了影响力、震撼力远远大于《沂蒙山的故事》的《红嫂》。"红嫂"这一带有鲜明沂蒙山地域色彩的文学形象由小说面世后，因其"乳汁救伤员"情节的新奇、感人和"熬鸡汤"情节的朴素温馨而迅速走红。后来又经过改编的京剧《红云岗》(刘知侠改编成剧本时仍叫《红嫂》，70年代改为《红云岗》)和舞剧《沂蒙颂》，以及电影、电视、连环画等各种艺术形式的传播，"红嫂"不再是一个人物的名字，而是成了沂蒙山区革命战争年代积极拥军爱军的众多优秀妇女的光荣称谓，成了一个符号，一个象征。

只要看过小说《红嫂》的人，就会知道："红嫂"这一名称的最早也是唯一的提出人，是曾任山东文联副主席兼中国作家协会山东分会主席的著名作家刘知侠。只要读过《沂蒙山的故事》，又知道祖秀莲的故事的话，就会明白：祖秀莲就是"张大娘"，而"张大娘"是"红嫂"的前身。

简析《红嫂》人物原型

刘　姗

　　"红嫂"这一名称源于刘知侠的作品《沂蒙山的故事》和《红嫂》，那么考察红嫂的原型是谁，当然还得从这两部作品中的人物形象和现实生活中哪个妇女最为接近来加以判别。

　　只要是读过《沂蒙山的故事》的人，都会认为沂水桃棵子村的祖秀莲是"最像"的一个。

　　《沂蒙山的故事》的几个主要人物里，张大娘、赵大祥和武书记这三个人物是非常"写实"的，是和现实生活中的人物完全吻合的。作品中的"张大娘"就是院东头镇桃棵子村的祖秀莲，抗日负伤战士"赵大祥"，就是转业后落户桃棵子村认祖秀莲为母亲的郭伍士，而区委"武书记"就是沂水县诸葛镇红石崖村（小说里叫"赤石崮"）的武善桐。

　　祖秀莲 1891 年出生于马牧池乡杏墩子村（今属沂南县），家里很穷，从小就送给人家做童养媳，后来丈夫病逝，又嫁给桃棵子村的张文新，1941 年救护在反"扫荡"中负伤的郭伍士时已经 50 周岁了。《沂蒙山的故事》中的"张大娘"也是"五十多岁"。当时祖秀莲和其他广大妇女一样没有自己的名字，只能叫她张大娘。夫姓、年龄都与作品中的人物相符。当然，当时各村五十多岁的张姓大娘很多，夫姓和年龄相符说明不了什么，主要是看事迹。"红嫂"的突出事迹是救助了身负重伤的战士。八路军侦察员郭伍士当时身中敌人五弹和多处刺刀捅扎，奄奄一息，是祖秀莲掩护、救活了他，伤快痊愈时送他去了后方医院。郭伍士是山西大同人，《沂蒙山的故事》中特地辟出一个章节"山西人"(第五节)来介绍，他转业后寻母落户桃棵子等等情节都和作品中"赵大祥"的故事完全一致！当时沂蒙山人掩护、救助伤病员的事迹很多，但是，像祖秀莲这样冒着生命危险，将敌人都以为死去了的我军战士救活过来，在山洞和自己家中治疗、喂养了近一个月后送到我军医院、多年后负伤战士复员后认母落户这样的事迹却不多。刘知侠在沂蒙山区到底采访了几个救治伤员的大娘或大嫂，可能没有人说得清楚，但是，他多次来桃棵子村，每次都连续多日采访祖秀莲及用担架送走郭伍士的张恒军、张恒宾等人，却是不争的事实。现在桃棵子村民张道森还清楚地记得，当年刘知侠采访祖秀莲和父亲张恒宾的情景。张道森的父亲张恒宾当时是大队长，不仅参与过救助负伤的郭伍士，在郭伍士刚落户桃棵子村时，还把自己的房子提供给郭伍士一家人居住。2015 年春，笔者在红嫂故乡桃棵子村采访时，张道森深情地回忆说："我那时七八岁，早就记事了。刘知侠个子很大，留着大背头，还在我家吃过饭。都是在晚上，一些人坐在院子里，三奶奶(指祖秀莲)和别人说着，刘知侠就把本子垫在膝盖上，在月光下记录……"

张大娘的事迹是感人的，刘知侠把她作为主要人物如实地写进了《沂蒙山的故事》。但是，作为文学作品里的艺术形象来说，或许"大娘"的形象不如"大嫂"更易赢得读者的青睐。所以作者在先写了一个真实版的"红嫂"(应该是"红大娘")之后，又将"大娘"变成了"大嫂"；将抗战时期的故事改为解放战争中的故事；将我军负伤战士"赵大祥"改名为"彭林"。因为红色不仅鲜艳漂亮，还有着丰富、积极的象征意义，于是刘知侠将他在"张大娘"这个人物基础上重新加工塑造的新形象，定名为"红嫂"。因为"红嫂"是唯一的主角了，作品篇名也干脆取为《红嫂》。从此，

刘知侠的《沂蒙山的故事》

《红嫂》一炮打响，红遍全国，走向了世界，被翻译成英、法、德等8种文字，风靡全球。

当然，"红嫂"作为艺术形象，不是单指某一个具体的人，她是一个英雄的群体形象，被人们尊为"红嫂"的人，除了祖秀莲外，至少还有明德英、李桂芳、王焕于、赵传春等等，还有一位至今不为人所知的无名氏。

据文化界老一辈的知情人讲，"乳汁救伤员"的故事是20世纪50年代李子超向刘知侠提供的，而李子超是听一个村支书说起的。李子超是沂南县人，战争年代曾在当地工作，后来任山东省政协主席。那个村支书在告诉李子超这个真实故事时，并没有说出这位伟大妇女的名字，因为当时农村的封建思想还很浓厚，给伤员喂乳汁的妇女怕公婆和丈夫怪罪，一再嘱咐村支书不要把此事对外人说出去，以免她以后不好见人。所以，提供故事的李子超和作者刘知侠，都不知道这个伟大女性的真实姓名和真实面目。一个仁慈善良的女人，在情急之下，为了救人一命，在伤员昏迷，没有任何外人在场的环境下，敞开自己的胸脯，顾不得羞涩，把自己温热甘甜的乳汁滴进伤员的嘴里，这是完全可能的。而她救助伤员这一大德大善的行为因为是以这种特殊的方式完成的，她选择了宁可做个"无名英雄"也不愿对外宣扬的做法，站在当时当地的历史条件下，也是完全可以理解的。这才是历史的真实。所以说，这个不愿意透露姓名，并一直默默无闻的农村妇女，也是《红嫂》人物的原型，甚至是刘知侠能创作出《红嫂》的起因及最大动力。

为伤员"喂乳汁"也好，"为亲人熬鸡汤"也罢，对伤病员进行义无反顾的掩护和救助的行动是主要的，至于喂什么是次要的，只是一种表现形式。"红嫂"的感人是因为她们冒着全家人被杀头的危险勇敢地掩护救助了人民子弟兵，而不仅仅是因为她们冲破樊篱而奉献的乳汁。

1964年8月12日，毛泽东和朱德等党和国家领导人在北戴河看了由小说《红嫂》改编的现代京剧《红嫂》后，毛主席对这部作品给予了高度评价：《红嫂》这出戏是军民鱼水情的戏，演得很好，要拍成电影，教育更多的人，做共和国的新红嫂。

2013年11月25日，习近平总书记在临沂视察时指出："在沂蒙这片土地上，诞生了无数可歌可泣的英雄儿女，沂蒙六姐妹、沂蒙母亲、沂蒙红嫂的事迹十分感人。沂蒙精神与延安精神、井冈山精神、西柏坡精神一样，是党和国家的宝贵财富，要不断结合新的时代条件发扬光大。"

"红嫂"是一个革命战争年代沂蒙先进妇女的群体称谓，祖秀莲、明德英、李桂芳、王焕于等等仅仅是千千万万个沂蒙红嫂中的杰出代表。除了这些已经为世人所知的人物外，还有许多至今仍然默默无闻，例如那位真正用自己的乳汁救了伤员而不愿向外界显露自己的妇女。"红嫂"式的人物很多，但作为由生活中的原型而进入刘知侠的作品，

《红嫂》剧本

而成为"红嫂"第一人的，确是沂水县桃棵子村的祖秀莲。祖秀莲就是《沂蒙山的故事》中的"张大娘"，"张大娘"又被作者艺术加工后变成了"红嫂"。

祖秀莲1976年加入中国共产党，1977年去世。1987年春，沂水县人民政府为红嫂祖秀莲立了墓碑。碑文这样写道：

> 祖秀莲，沂水县院东头乡桃棵子人，一八九一年出生于贫苦农民家庭。一九四一年秋，日寇扫荡沂蒙山区，八路军侦察参谋郭伍士身负重伤，生命垂危，祖秀莲舍生忘死，把郭伍士转移到安全的山洞里，用慈母心肠，精心护理，终于使人民战士重返前线。六十年代初，小说《红嫂》即取材于祖秀莲的事迹。郭伍士曾撰写《人民，我的母亲》表达对祖秀莲的深切怀念。中共沂水县委、沂水县人民政府誉她为"战争年代的红嫂，建设时期的英模"。祖秀莲于一九七六年加入中国共产党，次年病逝，享年八十六岁。祖秀莲的革命精神将同青山常在，与绿水永流。
>
> 一九八七年春沂水县人民政府立

谈谈桃棵子村的两处抗战遗迹

王德厚

在红嫂祖秀莲的故乡沂水县院东头镇的桃棵子村，有两处值得村人纪念的地方：一处是挡阳柱山后山脚下一块大石头被子弹击中的弹洞痕迹，一处是西山根地堰大卧牛石下面的岩洞。这两处看似平常的"抗战遗址"，至今桃棵子村人人都能绘声绘色地讲出它们的故事，这就是七十多年前山纵侦察员郭伍士受伤和养伤的地方。

那是 1941 年秋天，日本侵略者对沂蒙山区进行了一次"铁壁合围"大"扫荡"，从抗大一分校学习归来的山东纵队侦察员郭伍士被裹挟到敌人的包围圈，和一些机关、部队、群众一起被包围在挡阳柱山上，为了取得反扫荡的胜利，在敌众我寡的情况下，我英勇的军民与几倍于我的敌人展开了一场激烈战斗。几次短兵相接后，敌人越聚越多，如果不尽快突围出去，我方可能就要吃大亏。因为郭伍士是侦察员，部队首长便命令他去山后侦察敌情，准备组织大家从山后转移。郭伍士接受命令后，迅速向山后桃棵子方向侦察前进。他刚翻下陡坡，跳下一处地堰还没站稳，便被对面山梁上一小队鬼子射来的子弹击中了右腿，也正是这颗可恶的子弹，把他身后的地堰底部的一块大石头击出了一个小坑。由不得郭伍士找机会隐蔽，敌人所有的枪弹发了疯地向他射来，郭伍士又连中了敌人四颗枪弹，在生命垂危之际，又被围上来的日军捅了两刺刀。

当重伤的郭伍士被桃棵子村的祖秀莲大娘救到家里、藏在洞里疗伤，到伤愈归队，再到退伍后来桃棵子村落户，已是 17 年后的 1958 年。但这时的郭伍士还能一下就找到当年受伤的第一现场，一眼就能寻到击中他的那颗子弹在石头上留下的弹坑。在这块普通的石头跟前，郭伍士曾将那个终生难忘的故事讲了一遍又一遍，让桃棵子父老乡亲记住了那惊心一幕，也让他们的子孙后代记住了日本侵略者在中国犯下的滔天罪行。村民们为了在此留个永久的纪念，多年来尽管这个地堰因洪水冲灌或搞大寨田多次进行整修、垒砌，但大家始终没有挪动这块受伤的石头。因此，这块带着弹痕的石头至今还"卧"在原处。它成为后人寻找郭伍士受伤时的路径"导航"，成为人们追忆红嫂救伤员故事中一个必不可少的情节。

藏兵洞，就是郭伍士养伤的那个岩洞。这个洞，本是抗战时期村民在西山脚下一地堰上的大卧牛石下开挖出的一个岩洞，是为躲鬼子藏身用的。祖秀莲救下八路军伤员郭伍士后，听说鬼子在村庄周围搜查，她急中生智，先将郭伍士藏到屋后玉米秸垛里，

七十多年前的弹痕

藏兵洞

防止昏昏沉沉的郭伍士万一爬出草垛，被敌人发现。祖秀莲让两个侄子装作玩耍，在近处看着。事情果然如前所料，郭伍士醒来后因伤痛口渴爬了出来，要去找先前喂他水的大娘，幸亏两个年轻人在跟前把他又抬进垛里，告诉他：大娘家附近有鬼子正在支锅做饭，等鬼子走了我们再回去吧。由于大娘的精细考虑，巧妙地躲过了搜查的敌人。

鬼子走后，祖秀莲立即找来她的侄子们，趁夜色把郭伍士抬到西山脚下的那个岩洞里。这个岩洞离村子较远，洞口又开在地堰上，不易被敌人发现，祖秀莲用石头把洞口垒得跟地堰其他地方一模一样，约定只要她来就用石头敲洞门三下，否则谁叫也不能应答和开门。就这样，伤员郭伍士在这个洞里每天两次得到大娘送来的饭菜和疗伤的草药，还喝过大娘为他熬得热气腾腾的鸡汤——祖秀莲把家里唯一的下蛋母鸡杀了为伤员增加营养。郭伍士哪里知道，他吃的饭也是大娘晚上熬夜纺线换来的一点米面，她和大爷宁愿忍饥挨饿。

　　郭伍士洞中养伤近一个月，因为伤得太重动弹不得，也因为敌人不断进村巡山搜查八路军伤病员，郭伍士基本未走出洞口，唯一的一次出洞，也是因为身上伤口感染生蛆，被张大娘背回家清洗伤口，当晚又送回了洞里。将近一个月，说长不长，说短也不短，作为一个身负重伤，找不到部队的战士来说，时间应该是漫长的。正因为感到特别漫长，郭伍士对这个给了他安全的岩洞也产生了浓浓的感情。当他复员后来到桃棵子落户，与救命恩人张大娘结成母子关系后，便时常来到当年养伤的山洞看看，向晚辈们讲讲义母祖秀莲救他和藏在洞里养伤的故事。前些年，因山洪暴发冲翻了那块大卧牛石，致使岩洞被乱石淤积掩盖。2015 年春天，在百名老兵捐资建设红嫂纪念馆时，同时安排将洞口淤积的土石挖开，恢复这个"养伤洞"的本来面目。

　　关于"藏兵洞"这个名字，说起来也有一点来历，在这里不妨做一解释。1997 年，笔者陪同《大众日报》驻临沂记者站宋站长采访院东头、姚店子一带发展生姜种植的特色农业时，看到满坡翠绿的姜苗和山间一个个黑洞洞的储姜洞口，了解这片红色土地和红色故事的宋站长，以其记者的敏锐和才思，脱口说出了这篇还未动笔的新闻稿题目——"当年藏兵洞　今日大金窖"。意思是当年掩护部队、伤员的山洞，今天乡亲们又用来储存生姜致富。因为这个标题起得恰当有特点，尽管过去近 20 年仍记忆犹新。当酝酿修复"养伤洞"时，笔者向大家讲了当年那篇新闻题目的故事，大家听后一致认为用"藏兵洞"似更合适。从此，"藏兵洞"这个名称就代替了"养伤洞"。

"我为亲人熬鸡汤"

王晓明

"蒙山高，沂水长，军民心向共产党，红心映朝阳。炉中火，放红光，我为亲人熬鸡汤，续一把蒙山柴炉火更旺，添一瓢沂河水情深意长。愿亲人早日养好伤，为人民求解放重返前方……"相信对于这首名为《愿亲人早日养好伤》的歌曲，大多数人都是耳熟能详的，但如果想请你讲讲这首歌的出处和创作背景，却有相当多的人并不一定知道。

这首脍炙人口的歌曲是 1975 年出品的革命现代舞剧《沂蒙颂》中的插曲。《沂蒙颂》讲的是发生在沂蒙山革命根据地中，红嫂英勇救伤员的故事，而这部舞剧中的故事就来源于我国著名作家刘知侠的《沂蒙山的故事》，而《沂蒙山的故事》中的人物原型则来自抗战时期救护八路军伤员的祖秀莲和伤员郭伍士。

1960 年春，著名作家刘知侠来到沂水，就住在县城东岭一间小屋里，白天下乡采访，晚上回到那个小屋里写作，前前后后在沂水一共住了两年多时间，光素材笔记就写了好多本子。后来他根据在院东头公社桃棵子村采访的祖秀莲救伤员的事迹，又加上一些从别处采访来的关于救伤员的故事，整理成了中篇小说《沂蒙山的故事》和短篇小说《红嫂》等作品。这些文学作品发表后在社会上影响很大，被淄博京剧团改编成了京剧《红嫂》，后又改名为《红云岗》(山东省京剧团演出) 以及现代舞剧《沂蒙颂》等，红嫂的原型祖秀莲也因此红遍全国，"红嫂"这个名字也成了沂蒙山区拥军妇女的代名词，而《沂蒙颂》中主人公熬鸡汤时的那段插曲《愿亲人早日养好伤》更成了当时最流行的歌曲。无独有偶，在现代京剧《红云岗》(原名《红嫂》) 中，京剧爱好者们最喜欢唱的也是那段《为亲人细熬鸡汤》。这个唱段也是英嫂点着炉中火熬鸡汤时内心独白的一段优美的唱腔，并且有两句唱词还和《愿亲人早日养好伤》完全相同——"续一把蒙山柴炉火更旺，添一瓢沂河水情深意长"。正因如此，一些人把这首歌也直接叫作《我为亲人熬鸡汤》。

熬鸡汤的故事讲的就是红嫂救伤员的故事。1941 年深秋，日本侵略者对我沂蒙山革命根据地进行大"扫荡"，身为八路军山东纵队司令部侦察员的郭伍士执行侦察任务时，在桃棵子村南遇到了日本鬼子，郭伍士不幸被敌人击中倒地，鬼子扑过来，又朝他腹部捅了好几刺刀，才扬长而去。不知过了多久，郭伍士从昏迷中疼得醒了过来，艰难地朝桃棵子村爬去，可是全村人都因躲鬼子跑进山里了，祖秀莲因丈夫生病无法行动而留在家中未上山。祖秀莲出门泼水时，发现门外躺着一个"血人"，仔细一看是一位八路军，她没有多想，忙把这位伤员扶进屋中，先用温水擦洗了

"我为亲人熬鸡汤"（电影剧照）

"续一把蒙山柴炉火更旺,添一瓢沂河水情深意长"

他的伤口，又伸手抠出他嘴里和喉咙里的血块、被子弹打掉的几颗牙齿，然后用酒盅一点点喂他喝水。怕鬼子再来搜查，祖秀莲又找人帮她把伤员转移到西山脚下的一个山洞中，自己天天冒着生命危险给他送水送饭，还上山挖草药给他疗伤。

然而，郭伍士身上的伤口却一直不见好，脸色一天天变得蜡黄，人也虚弱得几乎说不出话来。祖秀莲心里那个急啊，自己把纺的线卖了，换成白面做成糊糊让郭伍士吃了，家里的鸡蛋也都煮着让郭伍士吃了，可他的身体怎么还不好？这时，祖秀莲突然听到院子里传来"咯咯咯咯嗒"的声音，是她家那只母鸡又下蛋了，在报功呢。要是吃只鸡，伤口好得肯定会更快。要知道，对于受了伤流了血的人，母鸡汤可是最好的滋补品。想到这里，祖秀莲猛地站了起来，来到院子里，那只母鸡还以为祖秀莲要喂它吃东西，于是欢快地跑到祖秀莲跟前，祖秀莲一把抓住它，麻利地杀了煮进锅里。

鸡是多年的老母鸡，水是清澈的山泉水，柴是山上的松树枝，红红的炉火燃起来，浓浓的鸡香飘出来，馋得祖秀莲的几个孩子站在旁边不肯走开。祖秀莲每人给了一个煮地瓜，挥挥手把他们打发出去。然后盛上一坛漂着厚厚油花的鸡汤送到那个隐蔽的山洞里，端到伤员郭伍士面前。郭伍士的眼泪一下子流了出来，祖秀莲笑笑说道："喝吧，喝了你的伤就好得快。等你养好伤，好再去打鬼子。"郭伍士含着泪重重地点了点头，一口气喝上了一大碗。

说来也奇怪，等这只鸡吃完，郭伍士身上的伤竟然奇迹般地好转。这时，鬼子扫荡也结束了，有人听说附近一个叫中峪的村子里驻上了一个八路军医院，祖秀莲就打发自己的侄子去看了看，果然是八路军某部的医院在那里作短暂停留，于是祖秀莲赶紧找本家四五个亲人趁夜色把郭伍士送到那个部队医院。不久，郭伍士伤愈归队，重返了前线。

郭伍士的伤愈，是祖秀莲救护的功劳，是乡亲们全力掩护的功劳，也是后来部队医院的医生护士精心救治的功劳，但是谁又能说，这里面没有那锅鸡汤的功劳？

一只母鸡，在我们现在看来根本算不了什么，只不过是家常便饭罢了，可是在过去那个战争形势极为严酷，物质条件极度匮乏的年代里，一般人家谁舍得吃一只鸡？祖秀莲家那唯一的一只鸡，是全家的宝贝，平时家里就是靠那只母鸡下了蛋，然后到逢集的日子拿到集上卖了，才能换点油盐。有几次鬼子来扫荡，大家拼了命地往山上跑，祖秀莲也没忘了把这只鸡抱上。就连老伴那次生病，祖秀莲也没舍得煮个鸡蛋给他吃，而是全煮给郭伍士吃了，最后竟然连鸡也杀了煮汤给郭伍士滋补身体。可以这样说，在当时那种情况下，别说杀只鸡，就是再值钱的东西，只要家里有，为了子弟兵她也是绝对舍得的。可见在当时，军民之关系是那样的情深似海，人民对子弟兵就像自己的亲人一样——不，比亲人还要亲。

为此，郭伍士复员时没有回他的老家山西，而是留在了沂蒙山。他说：父母给了我第一次生命，但已被鬼子夺去了，是沂蒙山的人民给了我第二次生命，沂蒙山就是我的家。由于当年负伤时，他多数时间都是处于昏迷状态，并没记住桃棵子这个村名，于是在农闲时节，他就挑着担子四处卖酒，借机打听寻找当年那个救了他生命的"沂蒙山张大娘"。后来当他终于辗转寻找到祖秀莲时，他扑通一声跪在了祖秀莲面前，情不自禁地喊出了一声："娘！"郭伍士于 1958 年携全家落户到桃棵子村当农民，认祖秀莲为母，为祖秀莲养老送终。

《愿亲人早日养好伤》这首歌之所以流行 40 多年至今传唱不衰，就是因为它唱出的是一种真情，一种期望。正是因为有了这些把子弟兵们视为亲人的根据地人民，有了这些能冒着生命危险救护伤员的祖秀莲们，有了冲到第一线支援部队打胜仗的人民群众，革命才一步步取得了胜利，最后赢得了全国的解放和新中国的成立。

附录一

沂蒙山的故事^{（节选）}

刘知侠

河里的鱼儿啊

没有水就没有家

——摘自沂蒙山民歌

二、风雪之夜

第二天我搭公共汽车到沂蒙山里去。

汽车过了沂河大桥，在河西岸较为平坦的田野上奔驰了不久，就进入了一条漫长的山峪。公路两旁是陡峭的高山，山脚下是层层的梯田；路的左下方是一条小河，流水在乱石缝里奔腾着。在行进中，小河始终伴随着我们，行驶的汽车的嗡嗡声和流水的淙淙声，交织成一组欢乐的进行曲。

……

汽车在这崎岖的山路上吃力地爬行，马达的嗡嗡声听起来也特别沉重。在这沉重的汽车行进的嗡嗡声中，我想着即将见到的张大娘，回忆起烽火连天的战争年月里和张大娘的一段难忘的战斗生活。

那时的张大娘有五十多了，细高个儿，身上虽然穿着粗布衣服，甚至打着补丁，可是倒挺干净。她头上一年四季都蒙着一块黑头巾，她稍微有点消瘦的脸上，经常有着笑容，每当她看到我们的时候，都显得那么慈祥。我从来没见过她对谁发过脾气，她待我像自己的孩子一样。

记得当我住在张大娘家里的时候，天不亮，我就听到窗前有节奏的脚步声和呼呼的石磨的旋转声。我知道这是张大娘和她女儿在磨煎饼糊了，我就马上穿起衣服，来帮大娘推磨。我们还替大娘挑水，垫猪栏。一切家里的活我们都抢着帮她干。而大娘呢？经常拿些好吃的东西来给我们吃，如煮熟的热地瓜啊，炒花生啊，新烙的又脆又香的煎饼啊。当时我们部队的生活很苦，平时吃糠咽菜，看到这些东西，当然觉得很好吃。可是我们的纪律是不允许吃老百姓的东西的，因此我们总是推让着不吃，这可把老大娘急坏了。要是你不吃她送来的东西，她可真的要生气了，没有办法，我们只得把东西留下，想以后再送给她。可是张大娘早看透这一点了。她守在我们身边，要看着我们把东西吃下去。直到我们把她送来的东西，都送进肚里以后，张大娘脸上才布满了笑容。

我们要走了。张大娘总是送出庄去，拉着我的手含着泪水说："早点再回来啊！可不要你大娘老盼着！"我们已走很远了，大娘还站在那里望着我们。

一遇到附近有战斗了，随着激烈的枪声，张大娘的心就跳个不停。她坐立不安，饭也吃不下去了。常常暗暗地为我们的安全祈祷。直到我们又来了，她的一颗挂着我们的心，才落下来。老人来到我们每个人的面前，都亲热地抚摸一阵，一边抚摸着，一边说："我的好孩子，可又见到你们了！"

那是 1941 年的冬天，五万多鬼子，对沂蒙山南部进行疯狂的"扫荡"，这也是抗战以来敌人对这个地区最残酷的一次大"扫荡"。这次"扫荡"，敌人用的是"铁壁合围"和"拉网"战术。在方圆一百多里的山区内，敌人控制了所有的山头、道路和村庄。就是说敌人分布的密度像网，包围的紧度像铁壁一样，企图一鼓作气将我军消灭。当然，这次反"扫荡"我们的伤亡是很大的，可是敌人并没有达到预定的恶毒企图。

这时候，我正带着一个工作队，在紫荆关附近做备战和群众工作，我们正处在敌人包围的核心。敌人的包围圈渐渐地缩小，最后敌人向我们住的山村围攻上来了。我们就在稠密的枪声里突围。我们工作队有十五六个人，只有三四支枪。和大批的敌人顶着打是不行的，我们就冲出庄去，在密集的敌人的追击中，我们冲上一座小山；小山被敌人占领了，我们又被山顶的敌人压下来。我就带着工作队从山半腰向东插去，山右侧是一条通紫荆关的大道，敌人的大队正在这条路上来来往往。我们抽了一个空隙，就冲下山坡，奔向大道，向东边的大山冲上去。

当时我认为这条大道可能是敌人封锁包围的边界，一冲出这条路，就出了包围圈到达安全地带了。这时候，我们翻越过了一座小山，又跑过了大路两旁的两个山坡，同志们虽然都很疲劳了，汗水顺着脸颊直往下流，棉袄也湿透了，两条腿累得像两根木棍似的迈不开脚步，可是我还是鼓励大家坚持往山上爬。大家帮着身体弱的同志背背包，继续上山。这个大山顶上有一块很大的石头，我指着那块石头说："到那里就好了，我们在石头下边休息！"

我们在艰难的爬山过程中，虽然最后摆脱了敌人，可是敌人还有火力追击着我们。敌人的机枪从后边的山坡上直向我们扫射，由于距离远，并没有打着我们。我走过一个小软枣林，树上的软枣已经发黑熟透了。一阵机枪子弹扫过来，被扫断的长满果实的软枣枝，哗啦啦落了一地。我当时真口渴得很，就一边弯腰捡起一枝，一边走，一边用嘴咬着那带点涩味的果实。

我们十几个人，拉了有半里路长，因为有些同志的确累得走不动了。走的虽然慢，可是我们还是迈着艰难的步子，一步步向上爬。山顶大石头渐渐近了，我认为到了石头前边，满可以痛快的休息一下了。我们刚在石头下边集合着坐下来，想喘息一会，突然有种音响使我抬起头来。我往石头上一看，一堆步枪和机枪正支在上边，黑色的枪口伸向我们，我大叫"走！"，话音刚一出口，一阵激烈的弹雨，向我们头上泼下来，紧接着成群的鬼子端着步枪，嗥叫着从石头两边，向我们冲来，我们一下被敌人压下了山坡。

在这里，我们亲爱的年轻战友，有着红红的脸庞，爱唱歌、喜欢写火热的诗句的小石牺牲了；聪明而活跃的小王被敌人抓去了；还有几个同志负伤或者在危急情况下跳崖跌伤了。

我在半山腰，把队伍又集合起来。这时，山上的敌人开始向山下追我们，山下的敌人又往山上搜索。为了摆脱敌人，我们分散地从半山腰，绕向山的背后，在一片乱石和红草丛里隐蔽起来。

这时，漫山遍野的敌人，在搜捕我们。有的汉奸到处吆喝着："看见你了，快出来吧！"可是我们还是隐蔽在草丛里不动。因为我们只有两三支枪，除非敌人来到眼前，发现了我们，才和敌人搏斗外，这时是不应该公开暴露向众多的敌人硬干的。我们当时的任务，就是很好地隐蔽自己，巧妙地躲过敌人。安全地突出"铁壁合围"就是胜利。因此，我们在草丛中，悄悄撕碎了文件，并把它埋藏起来，静等天黑了再突围。因为天一黑，敌人再稠密，我们也能借着夜色的掩护，利用这复杂的地形冲出去的。

天已过午了，分散躺在红草丛里的我们，已经饿了。突围时本来每人都带着点干粮，可是刚才在石头下遭到敌人突然袭击时，大都丢掉了。只有我和老鲁还有点，大家都分吃了。当时的心情是这样：一顿半顿不吃饭，还不打紧，主要是赶快天黑，到那时就好活动了，可以摸到熟悉的村庄去找点东西吃。我们心急地盼着太阳快些落山，瞪眼看着红草棵的细长影子的移动。它移动得多慢呀！心越急，越感到时间过得慢。

……

红草的影子渐渐转向东边了，并慢慢地拉长了。太阳终于被我们一分一秒地盼下山了。暮霭笼罩着山峦，天空的星星亮了，黑夜来临了。

隐蔽在红草里的同志们都坐起来了，在夜色里就是站起来也没有什么，敌人是看不见的。我们一动也不动地躺了大半天，现在应该站起来，活动活动轻松一下。可是大家并没有这样，只是集拢在一起默默相对，心事重重，谁也不说话。因为我们队伍已不是原来的数目，我们失去了两个战友。

我们决定再往东突围。往东突，得走东边的山口，可是白天听到那里的机枪很紧，山口一定被敌人严密封锁，不好通过。我们确定从身后的高山和山口之间的一个鞍部翻过山前去，从那里再往东冲。

我们站在山坡上，看看山岭里敌人控制的村庄，火光直往上冒。敌人不仅在驻村里砸碎老百姓的桌椅门窗点起火来，而且在所有的山头上也点起火光，那里有敌人把守，可是火光照不多远，我们还是在夜色茫茫中翻过了鞍部，敌人只向我们打了一阵乱枪，并没有下来。

一翻过山，便是一条山谷，山下边有个村庄，村里有熊熊的火光，我们没有过去，就顺着山腰绕过。这时我们实在饿了。我们在山半腰里遇到两户农家，房子已被鬼子烧了，只剩下两个黑屋框，除了砸碎的锅碗、水缸和家具而外，什么也没有。屋框里的灰烬有的还在冒烟。我们用棍子向冒烟的灰烬扒着，本来是想取暖的，却拨出了一个烧得半熟的大方瓜，方瓜的上部有些地方被火烧焦了，但大部分还是完好的。我们的肚子饿得咕咕响，这个大方瓜倒是一顿上好的晚餐。可是大家看着方瓜，谁也不说话。因为我们是革命战士，三大纪律，八项注意，我们记得很熟，它是铁的纪律，我们时时刻刻都是自觉地遵守着。我们怎好不经主人的同意，随便拿老百姓的东西呢？我充分了解每个同志的这种心情，根据目前的特殊情况，我和大家研究了一下，决定这样做：给方瓜的主人打个借条，塞在墙洞里，等战后主人回来，可以拿着条子去人民政府换粮食。我摸着黑，用铅笔在一张纸上写好了，并在借条上注明了方瓜约计的重量，写上了部队的代号。然后把它塞进一个容易找到的墙洞里。

……

吃罢方瓜，我们就站在山半腰，向东突围。既不能走庄，又不能走路，半夜里在高低不平的山坡乱转，有时还迷失方向，一夜是走不多远的。走了一夜，天亮看看，才走了有十多里路。

天亮以后，看着这条山峪和昨天的山后的情况一样，所有的山头、村庄和道路都有敌人，敌人到处在搜山，枪声在四处响着。我们还是处在敌人的包围圈里。根据昨天的经验，在这种情况下我们是不能走动的，我们又找到一条僻静的小沟，在一片红草丛中隐蔽起来。

我们又在看着红草影子的移动，盼着天黑。

这天夜里，我们继续向东突围。这次我们必须通过一个敌人把守的山口，没有其他的路好走，只得从这里经过。这时我们遇上了十几个掉了队的战士，我们商量着，坚决冲过去。激烈的战斗在山口上展开。我们十多个人虽然只有三支枪，可是每人还有两个手榴弹，我们在战斗中把手榴弹抛向敌群，敌人的火力虽猛，可是在黑夜里是很难射中目标的。我们终于冲过去了，可是我们行列里又失去了三个同志。

我们就这样向外冲，一直突了一个星期，每夜都要和敌人打几次交道。向东冲出了一百多里路，还是没有冲出敌人的包围圈，这时候，我们只剩下七八个同志了。

在突围过程中，最艰苦和困难的当然是对付那些万恶的敌人，但是还远远不止这一点，使我们感到艰苦困难的还有饥饿和严寒。七八天来，有时我们一天能吃到一顿地瓜，有时一两天都捞不着饭吃，肚子饿得直不起腰，浑身没有力气。而天气呢，当时正是数九严冬，已经下过第二次雪了，我们还穿着夏天发的单裤。因为在"扫荡"开始时棉裤还没来得及发下来，被服厂被敌人发现，一把火烧掉了。我们每天爬山和敌人兜圈子，新棉军衣上身，有些地方已经磨破，露出了棉絮，穿了一夏天的单军裤就更不用说了，大都露着后腚和膝盖，鞋子早已破得露出脚丫子，后脚跟冻的口子，像小孩嘴一样，直往外淌血。有的鞋子跑掉了，就赤着脚在雪地和尖石的山路上奔波。

......

最使我难忘的，就是十多天后，我们在一个风雪交加的夜里的山村宿营。

这天夜里，北风呼啸着，夜空又飞舞着雪花。我们七八个人摸进一个小山庄，这是我们开始反"扫荡"以来，第一次进庄子没有碰到敌人。每人都感到很高兴，认为今天可以在这里过一个舒服的夜晚了，大家可以安静地好好地睡上一觉。

摆在我们面前的是一个什么样的村庄啊！它仅仅是十多个黑色的屋框，因为半月前，敌人就把这个村庄烧光了。庄里不但没有一个人影，就连一声狗叫都没有。这并不是敌人把庄上的人都杀光了，不是，在"扫荡"前我们做备战工作时，为了避免敌人的摧残和屠杀，曾动员群众坚壁清野，要人们带着粮食藏在秘密的山洞里，这时村里的人大概都潜伏在山洞里过夜了。

我们并没有被山村冷落的景象打掉过夜的兴头。因为这毕竟是村庄呀！我就和几个同志在一个屋框里，打扫着地上的积雪，扫出一块地方，然后到村边远处找到一些干豆叶，抱些来铺在雪窝里的地上，留一个岗哨警戒，我们就都躺下去。这时只有我和老鲁同志还有件短棉大衣，我把这两件大衣盖在七八个人的身上。

我满以为这样可以很好地过夜了。可是这怎么可能呢！

刺骨的寒风呼呼地刮着，四堵墙是挡不住它的，寒风常从窗洞和没遮盖的屋框上边窜进来。冰凉的飞雪打在脸上，有时寒风会把墙上的积雪吹下来，我们的脸上、身上就都落上了雪。下边虽然铺有豆叶，可是上边却只盖着两件棉大衣呀！大家又冷又饿都想多分摊一点大衣，可是这大衣短得一个人盖着还露着半截腿，两件大衣盖着七八个人，怎么能盖得过来呢？躺下不一会，同志们就都呻吟起来，要知道在这冰天雪地的寒夜，穿着露着肉的单裤，睡在雪窝里，是不能安静入睡的。

负伤的同志一边呻吟一边低低叫着我："队长！我的伤口痛得厉害！"有的说："我的腿扭筋了，不能动弹了！"另一个说："队长！我的整个下身都在发麻，发木！"

从我亲身的感受，我了解每个同志的话都是真实的。因为我们不仅遭到严寒的侵袭，还要受到饥饿的折磨。要知道我们已经两天多没有吃饭了！受伤的同志没有上过一次药，血一直在流着。看样，这夜是睡不好了，我怎么来安慰这些同志呢？怎么才能安静地度过这个难挨的夜晚呢？我陷入了一阵阵沉思。

这时候，我想到了党，我仿佛看到了在党领导下奋勇前进的战斗人群。红旗在人群的头顶飘动！是的，当时我确实看到鲜红的旗子在迎风招展，我看到它就在这屋框上空，迎着寒风飘扬。在红旗呼啦啦的飘动声中，我又听到战无不胜的雄壮的军歌，鼓舞我们勇往直前的军歌，比起这雄伟的歌声，这呼啸的寒风就显得太渺小，太微不足道了。一想到这里我浑身像增长了无穷的力量，当时我很激动，我忽地坐起来，对着躺在身边正在呻吟的同志低而有力地说："同志们！我刚才听到咱们的军歌声了，看到党的红旗了。听！在这寒风里军歌多么嘹亮，看！在这飞雪的黑屋框上空红旗多么有力地飘动啊……"

同志们的呻吟声突然停止了，大家不约而同地也都忽地坐起来，黑屋框里显得特别沉静。同志们静望着飞舞雪花的夜空，耳听着呼呼的寒风的吼叫，静静地坠入沉思。我感到现在同志们和我一样，心目中都有着红旗的飘动和雄伟的军歌的飞扬。
……

第二天晚上，我们又往东突围。天亮前，我们到达了赤石崮附近，在一个山坡上隐蔽起来。在晨曦中，我从红草丛里瞭望北边山上的雄伟的赤石崮，朝阳向它涂着橙黄的色彩。它显得更壮丽了。

沂蒙山区有很多这样的崮。崮是指的大山上的隆起部分，如果把大山比作一个口朝下放着的大碗的话，那么崮就是圆而陡直的碗底托。崮底都是岩石的，周围十来丈高的峭崖绝壁，难得有路通上去，就是有的话，也是难走的。现在出现在我眼前的这个崮，由于上边的岩石微微有点发红，因此人们叫它"赤石崮"。

我望着迎着朝阳屹立的赤石崮，心里感到一阵阵的轻快。这并不是因为这一带没有敌人了，我们比较安全了。不是这样，这里到处还是敌人，我们还在敌人的包围圈里。我轻快的是隔着赤石崮的这条山峪，有一个我所熟悉的村庄，这山村里住着一位像母亲一样待我的张大娘。

趴在半山腰的草丛里的我，用亲切的眼光望着山峪里的村庄。村子在一条小河的旁边，大部分居民住在河北岸，可是河南边的山脚下，也住着七八户人家。这里有各种果树，风景很幽美，过去我们就在这河南边住过，那时候是春天，我们就在百花盛开的果树林歌唱，我们常在河边洗衣洗澡。这里的人们对我们又是多么亲热啊！现在正是晨曦初露，要是在平时，我们住在这里，我将又听到张大娘窗前推磨的声音。那有节奏的脚步，和石磨呼呼的旋转声，仿佛又在我耳边响动了。

……

我一想到要见到张大娘，心里就感到一阵阵轻松，是的，只要能见到她老人家，她准会帮我们解决下困难的。可是当我再向山峪的村庄望去的时候，我的心情又沉重起来。

山峪里河边有条大路，大队的敌人来来往往，河北岸的村子里烟雾腾腾，村边有黄色的人影在蠕动。河南岸要是住着敌人，我就找不到张大娘了。一则不好靠近庄，再则就是摸进去，张大娘也不会在家，也许她早躲进什么山洞里去了。

我又仔细地看看河南边的小村子，那里静悄悄的，附近并没有看见敌人。我心里说：但愿那里没有住着敌人吧！现在我又以焦急的心情，看着红草影子的移动，盼着太阳早点落山。

从早晨盼到中午，从中午盼到傍晚，太阳终于落山了，夜幕降临了，除了村庄里和山头上，敌人烧起的熊熊的火光外，整个山峪里是看不透的黑夜。我把队伍集中起来，在小沟里等着，提着匣枪，就沿着小沟向山坡下边走去了。

我们离河南边的几户人家，只有一里多路。我虽然摸黑走，由于这路熟悉，不一会就来到这个小村边，我把身子伏在地上，悄悄地向村里爬去。正爬行着，我突然被一种声音惊住了。我听到小村里传出一阵阵杂乱的音响。我停在一堆乱石后边，端着手中的枪，静听着。

我听到村后河边有鬼子的嚎叫，和钉子鞋踏石子的声音，村子里的门在急剧地响着，紧接着是一阵阵慌乱的脚步声，一眨眼工夫，我看到几个老年人的身影，离开了自己的家舍，向这边跑来。天虽然很黑，可是我一眼就看见老年人中间有我要找的张大娘，她手臂里夹着一个小包，急匆匆跑过来。当她一跑到我的身边，我一下子就站起来了。

冷不防的张大娘突然看见从地上跳起来一个人，吓得往后退了几步，正想转个方向逃走，我低低地叫了声："大娘，不要怕，是我！"她老人家才站下来。

我一直走到她的跟前，她才认出了我。大娘看见我以后，就一把拉住我，急急地说："赶快走！鬼子过河了，你怎么还在这里！"大娘对我的安全担心起来了。

我只得顺从地跟着她向外走。这时大娘稍微镇定下来，她一边走着，一边关心地问我：

"你吃过饭了吗？"

没等我回话，她就从腋下掏出唯一的一叠煎饼，塞到我的手里。这一叠有四五张，的确够一个人饱餐一顿的。我听到大娘的问话，这时候，就不能客气了。我对她老人家说：

"大娘，不但我没有吃，还有七个同志，三天都没有吃一点东西了！"

"啊！"大娘一听我的话，就啊的一声站下来。然后怜爱地说："我的好孩子，你们可受苦了！"她看了一眼我手中的煎饼，低低地说："这怎么够呢？"

说到这里她愣了一下，脸上充满痛苦和严峻的神情，她突然果决地说："孩子！你在这里等着！我转眼就回来！"

说着张大娘一转身就又向小村里跑去了。我正想要拦阻她，一把没抓住，她已跑出很远了。鬼子已经进了庄，这不是硬向鬼子怀里钻吗？太危险了，我追了几步，没有追上，她一眨眼工夫，就隐没在小村里树丛里不见了。

我望着她已闯进敌人（占据）的小村，那里传来鬼子的嗥叫。有的地方火光在起了。村子里有着噼噼啪啪的家具破碎的音响。鬼子大概在劈门板、桌椅烧火了。我望着渐渐烧起来的火花，在为大娘的安全担心。我的心像被那熊熊着起来的烈火燎着一样难受，我一分一秒地在心里叫着："我的好大娘，你快出来呀！快点出来吧！"

突然尖利刺耳的枪声响了，我看到张大娘细长的身影在火光照亮的树丛里一闪，飞一样向这边跑来。村里的火还没有烧大，她很快地冲出了烈火照亮的光圈，跑进夜色里。追到村边的鬼子用步枪还在不住地向她射击着，子弹嗖嗖地从我头顶的低空掠过。我急得心在跳，汗顺着脸颊在往下流。我忘记了一切，就朝大娘迎过去。大娘跑到离我几步远的地方，扑通一声栽到地上。我的心像一下子抛到冷水里，急赶几步上去，把大娘扶起来。大娘一站起来，虽然累得直喘气，可是她还是笑望着我的脸，安慰着我说："孩子，不要担心，他们没有打着我！"

幸好子弹没有打着大娘，她是被石头绊倒了。可是额和手被石头撞伤了，血从大娘的额角和手背上流下来。

直到这时，我才看到大娘流着血的手里挎着一大篮子煮熟了的冷地瓜，足有十多斤重。我双手接过地瓜，眼泪哗哗地流下来。

这时，几个敌人向这边搜索，最后张大娘用慈爱的手抚摸着我说："孩子，快走吧！你们可得要小心啊！"

我说："你也快躲起来吧！"

就这样，我和张大娘分了手，回到半山腰的僻静小沟里，把一叠煎饼和一篮子地瓜，送到面黄肌瘦饿得眼睛发花的同志们面前。

三、路遇

　　一阵汽车的激烈颠簸，把我往日的回忆打断，我又返回到现实中来。原来是行驶的汽车，在过一条小河。汽车吃力地喘息着向前爬行，汽车车轮在乱石上一起一落，使车身颠得厉害。记忆中的张大娘的形象，虽然暂时从脑际消逝了，可是，我的嘴里仿佛刚吃过张大娘送的地瓜，还有着又香又甜的余味。

　　结束了刚才一段艰苦生活的回忆，在汽车的行进中，我心里想：全国解放以后，我们过去在这沂蒙山区斗争与生活过的同志和战友，都到大城市去了。革命事业向前发展，人民的生活普遍提高了。就拿自己来说，在大城市里也曾几度进出于富丽堂皇的大饭店啊！是的，那里的酒宴是美味、丰盛的。可是要是和张大娘那一篮子地瓜相比，珍贵的绝不是现在的酒宴，而是那一些冷地瓜。因为张大娘是冒着生命危险，把它送给我们，而这些地瓜对当时在饥寒交迫情况下的我们来说，几乎等于救了我们的命。这顿冷地瓜的贵重，是任何山珍海味也不能比拟的。可是更宝贵的是张大娘那颗疼爱革命战士的火热的心，那崇高的忘我的革命热情。

　　想到这一些，我再抬头望望车外，沂蒙山的景色就更显得美丽了。对这山区的一草一木，我都是以充满感情的目光望着他们，这就是很自然的事了。

　　当我再观望着窗外的山景时，我突然发现前排靠窗坐着一个青年，也是目不转睛地望着窗外的自然景色。他的眼神和我一样的充满着情感。他有十八岁的年纪，头发是城市盛行的青年式，脸庞红红的，有一对极聪慧的眼睛；上身穿一件短袖大翻领的白汗衫，下边是浅灰色西装裤，脚上穿一双白球鞋。身上有一大包礼品，肩上斜挎一个帆布挎包。从服装和神情看，他是大城市来的人，很可能是个高中学生。他不是本地人是肯定的，从他的年龄来看，在艰苦的战斗年月，他年纪还很小，甚至刚下生。他绝不会像我一样，有着在战火中和沂蒙山精诚的深厚的情谊。也许他的什么人在这里工作，他来探望亲人？可是他对沂蒙山怎么也会这样有兴趣有感情呢？

前面快到站了，到这一站我就下车，下车后到赤石崮边那条山峪，只有十来里路了。用不着两个小时，我就可以见到我的张大娘了。我在整理行装准备下车，我已不再去注意青年人了。

汽车停下后，我拿着随身的东西，走向车门时，这个青年人竟走在我的前面，第一个先跳下去了。原来他也在这一站下车。

这个处在深山沟里的汽车站并不大，在绿树丛中有一家大众饭店，两家小旅馆和几家人家，在树荫下摆着一些卖土产的山货摊。

一个六十多岁的庄稼人，戴着一顶破斗笠，粗布白上衣，敞着怀，露出很健壮的紫铜色的胸膛。老人满脸惊喜地向刚才我猜疑的青年人奔来，他一边跑着，一边喊着。

"蒙生！我在这里！"

这个叫蒙生的青年人一看到老人，高兴得有点发狂似的迎上去。一到老人面前，没来得及放下手里的东西，就用两条手臂把老人亲热地抱住，激动地说：

"爷爷，你好吗？"

"好，我很好！"老人爱抚地摸着青年的头，用慈祥的眼睛再一次打量着青年人，笑着说，"蒙生，看你长这么高了！"

蒙生说："都很好，爸妈叫我问你好。他们很想念你！常常谈到你，谈到沂蒙山，谈到这里的人们，就是工作忙，离不开，他们也多想来这里看看你啊！"

老人感慨地说："我们也很想念你的爸爸、妈妈，还有那些过去在这里住过和敌人战斗，保卫咱们山区的同志们！"

青年把一大包礼品交给老人说："爷爷！这是爹妈捎给你的。"

老人说："人来了就好，还捎什么东西干什么。"

青年说："这东西倒是次要的，爸爸妈妈还给你捎了一张照片。"说着他就从挂包里，取出一张六寸放大照片送到老人手里。

老人看着照片，笑嘻嘻地说："还是那个样。捎着照片可真中了我的意，想起来了，就拿起来看看。"说着老人把照片小心地放在上衣口袋里，就对青年人说：

"咱们走吧，再有七八里路就到家。"

老人要替年轻人背挎包，可是青年怎么也不肯。爷俩就向西边的一条山道走去了。

我完全被刚才老人和青年人的热情会见所感动了。不禁又想起了我久所渴望而马上就要见到的张大娘。当我和大娘见面时，会是怎样一种情景啊，想到这里我的心又激动得跳起来了。我在解放以后，由于忘掉了张大娘的名字，一直没有给大娘写一封问候的信。只是 1950 年在济南时，我遇到一个在这山区工作的干部，我买了点礼物，叫他带给张大娘。以后我调动工作到南方去了，从此就和大娘失掉了联系。虽然我们并没有忘记张大娘，还经常谈到她，想到她，可是一封信都没写。

我离开了汽车站，向赤石崮那条山峪走去。我只得走西路，走出几里路，再往西南折过去。这样一来，我就和老人、青年在一条山路上走了。

这爷俩是什么关系啊？从他们刚才的谈话中听起来，像是祖父和孙子，可是又有点不像，因为在他们之间仿佛还有点客气的味道。一种好奇心促使着我，同时这个生长在沂蒙山区的老人，对曾经在这里度过艰苦斗争的我，看起来也非常亲切。因此我紧赶了几步，就和他们走在一起。我问老人：

"大爷，你是哪庄的呀！"

老人向西指指说："赤石崮后边的红花峪。"

这个庄我住过，离我要去的地方只隔一条山梁，一个山前一个山后，赤石崮就屹立在中间的山梁上。两个庄子相隔七八里路。接着我就指着走在老人身边的年轻人说：

"这年轻人是你老人家的孙子吗？"

老人笑着说："可以这样说。"

我问青年："那么你是红花峪的人了？"

青年肯定地说："是呀，我家是红花峪，我是在那里出生的呵！"

我问青年："你爸爸在哪里工作？"

青年人说："在部队里。"

老人一听我问年轻人的爸爸，就从口袋里掏出那张照片，送到我的面前："你看，这就是他的爹爹和妈妈。"

我看着照片上一男一女两个军人，男的是少将，女的是中校军衔，心里压不住地兴奋起来。想不到我们沂蒙山区里也出了将军。我把照片送还老人，然后以称赞的口气说：

"你的儿子也真好啊！他很久没有来家了吧？"

老人说："他爸爸也可以说真像我的儿子，可是他却不是咱沂蒙山区人！他家是江西。"

怎么？儿子家是沂蒙山区，而父亲却是江西人？我倒有点糊涂了。大概老人看出了这一点，他就继续对我说：

"是这样，他的爸爸过去在我们沂蒙山区打仗，他是这个军分区的参谋长。部队常住在我们庄上，他就住在我家里。他妈妈当时是部队卫生所的所长。这一年，啊，是1941年，日本鬼子大'扫荡'，他妈妈怀孕，不能跟部队行动，就隐蔽在我家里。这孩子就是在那炮火连天的战争年月里生下来的。"

我啊了一声，才明白过来了，我对老人说：

"这孩子，他一定是生在你家了？"

老人说："不，生在家里倒好了。那时候鬼子到处'清剿'，可不能在家里，这孩子是生在山洞里呀！鬼子满山遍野地'清剿'，在山洞周围乱转，多危险呀！可是我们把他娘俩藏得严密，总算平安地度过了那次'扫荡'，因为他是在这里出生的，就起名叫'蒙生'。"说到这里，老人指着身旁的蒙生说：

"看，蒙生已经长这么大了！"

我感慨地转头望着蒙生说："你可是在战斗中生长的呀！"

青年兴奋地说："我生长在沂蒙山，我爱着沂蒙山。看，这沂蒙山多美丽啊！"

老人说："沂蒙山现在是美了，可是过去确实是穷山恶水，人们吃糠咽菜，田地荒芜了，四处讨饭。共产党毛主席领导我们打败敌人，现在又领导我们战胜贫困，建设山区。你看，满山都是花果树，山果吃不了，就支援大城市。你看山区的庄稼长得有多好！我们现在已试种了稻子，也吃上大米了。这是从古没有的新鲜事。过去山区一到夏天，洪水为害，冬天又缺水吃，现在党领导我们治山治水，修了很多大水库，洪水不能为害了，田地还可得到灌溉，这有多好！我这大年纪了，过去一辈子没吃过几次鲜鱼，现在我们水库养的鲜鱼，一尾有好几斤重。前些日子从溢洪道流出几条鱼，在水渠里游来游去。几个青年看见了，他们不会捕鱼，就用刨地的镢头，把鱼砸昏，才捞出来。大鱼足有二尺长……"

老人一路给青年人谈着沂蒙山的变化，年轻人也全神贯注地倾听着，不时随着老人的指点，望着他的诞生地的动人的一切。不知不觉中，已经到了前边的岔道了。我得向西南的山道走了，我和老人家认识虽然不到半个小时，可是我从心里热爱着这个老人了。由于我也很想看一看年轻人的诞生地，在分手时，我对老人说：

"大爷，在过去的战斗年月里，我也在这里待过，等两天我到红花峪来看看你好吗？"

老人一听说我在这山区战斗过，就更显得亲热了。他握着我的手说："那更是自己人了，你可得到我这里来呀！你到红花峪一问保管员王二伯，人们就会把你带到我的家里。你不来我会生你气的！"

就这样，我和老年人、年轻人分手了。

当我遥望着老年人和年轻人的背影，他爷俩已经远去了，我心里还不能平静下来。想到在战斗时期，我们革命的同志，有多少孩子在这战斗的山区里诞生和成长啊！那个时候，我们有许多女同志，也和男同志一样，在极度艰苦的沂蒙山区里生活、工作和战斗，有时敌人残酷的"扫荡"开始了，由于身体条件的限制，或者由于有病、怀孕，她们不能随部队活动，就常常隐蔽在群众家里。把短头发上梳上一个假发髻，在手脸上抹上黑灰，装扮成老大娘的女儿或者媳妇，以躲过敌人的搜捕。群众都是冒着生命的危险，掩护着她们。她们生孩子了，在战斗紧张活动频繁的部队里，带孩子是不行的，她们把孩子寄养在群众家里。人民像对待自己亲生儿女一样，甚至比亲生儿女还要亲地照顾、保护和抚养，让革命的子女成长起来。全国解放以后，有许多革命的同志到老根据地来找他们的孩子。孩子虽然被领去了，可是曾在这里被抚养、成长的他们，却永远把沂蒙山当成自己可爱的故乡。看，蒙生是怀着多么大的热情来到这个诞生地啊！

这一些，都是我在西南的山道上走着时想到的。前边有个很陡的山坡，由于山路难走，我不再想什么了。爬上山坡，我已累得满身是汗了。可是当我举目向西望去的时候，我突然一点也不感到热和累了。像一阵清风向我心的深处吹着，我浑身感到凉爽、轻快，我的身心都充满难以形容的欢乐与愉快，因为我看到赤石崮了。我真想对着它那雄伟的身影，高亢地歌唱一番，心里才感到痛快。

看，那屹立在山顶上的赤石崮，迎着夏日的阳光，显得多么威武而灿烂啊！它的躯体还是和战争年月一样雄壮，只是已不像往日那样光秃了，在黑色的岩石缝里长着挺秀的绿色树丛，崮下边往日是一片枯草的山坡，现在山坡上生满了马尾松林，赤石崮像整个被葱绿的树丛托着，看起来比过去更加壮丽了。

在赤石崮前面的那条山峪里，小河在两排漫长的果树林带之间畅流着，阳光在流动的河面上撒着数不清的金色的银色的碎片。

多么美丽啊！我看到河南岸的一团树丛了，看见在绿树丛间分散的茅屋。一见这个小山村，我的心激动得又跳起来。因为在这山村里住着我急于要见的张大娘呀！

张大娘慈祥的面影浮现在我的脑际，想到那一个惊人的夜晚，张大娘冒险取地瓜的情景；想到大娘额头上和手上的血；想到在那敌人搜索的危急情况下，大娘首先想到的不是她，而是我和我们的同志。她督促我快走，快摆脱搜过来的敌人。大娘的声音又在我耳边响了：

"孩子，快走吧！可得要小心啊！"

一想到张大娘，我就加快了脚步，急切地向山坡下走去。下了这个山坡就进了赤石崮前面的那条山峪。我恨不得生上翅膀，一下飞到大娘的眼前，向我敬爱的张大娘，致以衷心的问候。

……

已到河边了，河水有半尺深。我坐下来，脱掉鞋袜，准备过河。由于心情的波动，我脱鞋袜的手都有点微微的颤抖。我双手提着鞋袜，把腿插进水里，向河南岸走去。

四、张大娘家里

过了小河，一踏上南岸，我就进入了这个小村了。

我亲切地望着周围的一切，一切都和我想象中的小村不同，它变得和过去不一样了，小村的房屋增多了。有的原来只是两间北屋，现在又盖上几间西屋，而且房子又是新的样式。小村里的地形也变了。原来这里是一个小土丘，现在土丘不见了，这里成了一座果园。我记得小丘的北边有个脏水坑，现在这儿出现了一个很大的满载荷花的养鱼池。原来张大娘在敌人射击声中，给我送地瓜时那个矮树丛呢？我走到那边，这里没有什么我想象中的树丛，现在这里生长着一排排碗口粗的白杨。我摸着高高的白杨树身，突然醒悟过来，已经十多年了呀！在这漫长的时间里，小树丛也该长成大树了。虽然周围有这么多变化，可是我凭着隐隐约约的记忆，还是我找到张大娘的家门。

张大娘家的大门还是原来那样，只是门楼上的草换成新的了。石垒的院墙上依然爬满了眉豆藤，墙顶整个的被眉豆叶覆盖着，绿叶上边也有着一串串紫红色贝壳形的小花。门前的那棵楸树，原来只有茶杯那么细，现在竟有水桶一般粗了，笔直伸向天空。

大门开着，我也没有打招呼，实际上我急于见张大娘的心情，也顾不得这些，就走进院子里。院里静悄悄的，东墙根有棵大桃树，像鸡蛋一样大的长着嫩毛的桃子，结满了一树，桃子密得把枝子都压弯了。北屋和西屋的房间都虚掩着。我看着自己住过的北屋，现在已经翻新了，窗前那棵石榴树还在，可那盘石磨却不见了。现在已经公社化了，人们都到食堂去吃饭了，这摊煎饼糊的石磨，也许已经搬到食堂。没有这盘磨，院子显得更宽敞了。

张大娘到哪里去了呢？我把挎包和带的一些礼品放在桃树下，坐在一个石凳上。不一会，夕阳斜照着的大门一闪，一个细长的身影进来了。

看！这不是张大娘吗？她头上还是扎着黑头巾，她的脸上皱纹虽然多了几条，可还不显得老。一看到她，我就忽地站起来。紧张的心怦怦地跳着，我向大娘迎上去。

张大娘一进门，开始没有看见我，以后看见了，却没有认出我。她问我：“哪里来的同志呀！你是县上来的吗？”

直到我走到她老人家跟前，紧紧地握着她的手，激动地喊了一声：“大娘！”她还在打量着我：“你是谁呀！”张大娘慈爱的眼睛又在我脸上端详着。

我说：“我的好大娘！你还没认出我来吗？”

张大娘在我脸上看了一阵，眼睛里突出迸出惊喜的火花，她叫道：

“啊呀！我的好孩子！原来是你呀！”

说着她老人家慈爱的眼睛里的泪水流出来，她一把把我拉到身边，我抱住了大娘的肩膀，她的手抚着我的头，我的眼泪流到大娘的肩上。

大娘又把我的头搬到脸前，看了再看，她说：

"孩子！你们还没忘记你大娘吗?"

我说："大娘！我们怎么能忘掉你呢！我们经常在想你，谈你对我们的爱护！只是现在路远了，工作忙，没能来看你，大娘！你原谅我们吗?"

大娘说："可不要这样说，革命工作是没有闲的时候，打完仗了，可还得加紧建设啊！这点我明白，前些时毛主席派慰问团来看我们了。"

我说："想到在艰苦的战斗年月里，你对我们像母亲一般的照顾，大娘对我们太好了！"

大娘说："在战争时候，你们可真叫我挂心啊！现在和平建设了，我可放心了。不过，有时还是老想着你们!"

我说："我们也想念着你老人家啊!"

这时张大娘把泪湿的眼睛擦了擦，欢快地对我说："现在见面了，不该泪水涟涟的，应该高兴些！"说到这里她在责备自己了：

"看，你来半天了，还站在这里，该坐下休息休息。你在这里等着，你大爷在南山坡上锄地，我去叫他回来给你燎茶喝。"

说着张大娘就出去了。不一会，她和张大爷一道回来。见了张大爷又是一番亲热。张大爷是个非常老实的庄稼汉，往日地里笨重的庄稼活，把他累得直不起腰，可他总是一句话不说，蹲在地边抽闷烟。现在看起来老点了，已留着苍白的胡子，可是身体倒比过去壮实得多。他老人家虽然性情沉默，可是现在见到我，却问长问短喋喋不休。显然老人也为这久别的会见而兴奋起来了。

我们一边喝着茶，一边谈着家常，当然也谈到过去的艰苦战争年月的生活。谈到现在我们几个同志在什么地方工作，当大爷大娘听到我们有的在北京，有的在上海等大城市工作的时候，张大娘喜欢得合不拢嘴；可是当我谈到小石等几个同志在抗日战争与解放战争中光荣牺牲时，大爷和大娘的眼睛又冒出了泪水。

大娘对我说："现在可得好好地建设社会主义啊！今天的幸福生活，得来的是多么不容易啊！"

晚饭是从食堂打来的，饭菜很好，张大娘还嫌不够，又炒了一盘鸡蛋。并要张大爷明早去东庄赶集，买点菜回来包饺子给我吃。

我准备明天和大爷一道去赶集，一方面我想在集上给两位老人买点东西，同时也真想再看看农村集市的样子。这些年生活在城市里，要买什么出门就是商店，而在过去的山村里，要买东西得到集上去呀！五天一个集，到时候远近山村的人们都到这里集中。往日里，我也赶过不少山村的集市啊！

晚上，大娘帮我铺好床铺，说我在路上累了，要我早早休息。当我躺下来后，她老人家还像母亲一样坐在我的身边。这时候我感到像到了自己家里一样温暖，我受到了慈母一样的爱抚。比起那些由于工作忙，不能来看张大娘的同志我是多么幸福啊！

第二天一早，我和张大爷到东庄赶集去了。我们提着肉、菜，我还特地买了瓶酒，还有一些其他的东西回来了。大娘已捎信，叫她出嫁的女儿回娘家。她的女儿是我们突围的第二年出嫁的，我在大娘家住时，她还是个羞涩的少女，她经常帮大娘在我住的窗前推磨。现在站在我面前的，却是一位有着三个孩子的妇人了。在山村里有个风俗，就是有亲人回家了，要去接亲戚回来团聚的。大娘的女儿见了我的面，像对待自己的亲兄长一样，亲热地向我问候。

小村里也由于我的到来，显得活跃起来。常常有人到张大娘家来看我，像张大娘家有了喜事。她是没有儿子的，现在真有个远在外边的儿子回来了。

下午，我和大娘包饺子。开始大娘怕我累，又说我包不好，要我休息。我说："打过游击的人，都会包饺子！"就洗了手和大娘一道包起来，张大爷烧着火，我们说说笑笑的，像要过年似的欢乐。

这时，我看到一个四十多岁穿庄稼服装的人，走进院子，他个子不太高，脸庞微黑，右脸颊上有条长长的伤疤。他手里提着两条大鲜鱼，径直地走进了屋子。他一见大娘，就亲热地说：

"娘！咱家来客了么，我给你老人家送两条鱼来！"

我一听他的"客"和"鱼"的口音，就听出对方是个山西人。因为我抗战初期，在山西打过一年游击，那里的口音我是能够听出的。可是这个外乡人怎么一进门就叫"娘"呢？不能是他叫溜了嘴，也许是我听错了，莫非他原是叫的大娘，我没听出那个"大"字？

张大娘一见这个山西人，就笑眯眯地说："大祥！快进来坐坐吧，等会一块吃饺子。"接着她就把我向山西人介绍说："这是你的一个兄弟！过去在咱家住，和你一样，受了多少苦啊！现在又来看老娘了！"说着，张大娘用责怪的眼睛又对山西人说：

"大祥！你来好了，怎么还花钱买东西干啥？"

叫大祥的山西人笑着说："娘！好久没来孝顺你老人家了，我今天到集上看见有鲜鱼，就给你买了两条。刚才听说咱家来客了，这正好，拿来你也好待客呀！"

这次，我可听清楚了，原来还是叫的"娘"，而且大娘和他都说这里为"咱家"。这是怎么回事呢？我就指着大祥问大娘：

"他是你老人家的……"我还没说完，大娘就接过去：

"他是我半路上拾来的儿，叫赵大祥！"

赵大祥知道我正在为他母子的关系怀疑，也就指着大娘对我说：

"她老人家就是我的娘！在打鬼子的时候，她把我从死里救活了，从那天起，我就把她当作生身的娘，做她的儿子了！你还不明白吗？"

"啊！……"我省悟地点了点头。我正要想往下问，这时煮的饺子已经端上来，我们就一块吃起水饺来了。当然，赵大祥也和我们一道吃的。

晚饭后，我们都坐在桃树下乘凉，这时月光融融，微风拂面，身上感到说不出的清爽。就在这时候，赵大祥和我谈起他怎样把大娘当作娘的一段故事。

五、山西人

那是在 1941 年鬼子大"扫荡"的第二年。

这年夏天我军在沂蒙山区，对敌人展开了攻势，拔除了一些敌人据点，消灭了近千敌伪军，敌人又暴怒了。到秋天敌人又集中了强大的兵力，对沂蒙山区进行秋季"扫荡"。

这一天我军在赤石崮东南边的一个大山上，和敌人展开了激烈的战斗。由于战斗的需要，团部派赵大祥到赤石崮北边山上去，和一营取得联系。当时赵大祥是团部的侦察员，他别着短枪，就在大白天，到一营的驻地去。从激战的大山到一营住的北山，正经过大娘这个小村。就在小村的南山坡上，也就是我们曾经在那里隐蔽过的那个半山腰上。他和三个敌人相遇了。

他在一块大石头后，勇敢地和敌人战斗，两个敌人被他的短枪打倒了。枪里的子弹打光了。一个敌人端着刺刀向他扑来，他一闪身子躲过刺过来的刺刀，一下抓住敌人的步枪，和敌人在一起作拼死地搏斗。敌人咬破了他的手，可是他终于夺过了敌人的枪，把这个敌人刺死。这一切正在张大娘隐藏的山洞旁边进行。赵大祥和敌人战斗的情景张大娘看在眼里，大娘心里说："这是个多么勇敢的战士呀！"她看见三个敌人都被他打死了，就暗暗地祈祷着："赶快跑吧！"可是已经跑不及了。

这时，从旁边又冲过来一个敌人，赵大祥就和这个鬼子拼起刺刀来，你穿过来，我穿过去，两把刺刀，在阳光下闪着寒光。两人一直拼了半个小时，可是谁也没有把对方拼倒。

张大娘离这场厮杀有多近啊！只有几步远，连刺刀的闪光都在晃着她的眼睛。赵大祥和鬼子拼斗时的急促的呼吸，她都可以听得到。当时她有多么着急呀！她虽然身在洞里，可是却像参加战斗一样紧张，在暗暗地为赵大祥使力，她听到鬼子的呼吸更急促了，她看到鬼子的脸上汗水直往下流，张大娘在想："鬼子一定拼不过咱们的战士！看！鬼子已经不行了！"张大娘由着急而变为高兴。

赵大祥和鬼子整整拼了两个小时，从太阳偏西一直拼到太阳落山，他们搏斗的一块梯田上的秋庄稼，都被战斗的脚步踏平了，拼杀得多么激烈啊，两个人的刺刀完全别在一起了，刺刀都弯曲了，整个的扭在一起了，可是最后赵大祥终于把鬼子刺倒了。张大娘脸上布满了欢欣的笑容。

可是张大娘的脸色马上又变白了。

一闪眼工夫，有六七个鬼子端着刺刀，把赵大祥团团包围。他已经和鬼子激战了两三个钟头。现在再投入新的更为激烈的搏斗，他一把刺刀要对付六七把刺刀，他的渐渐消失的体力在敌我力量过于悬殊的情况下，支持不住了。在洞里的张大娘的啊呀声中，赵大祥被鬼子刺倒了。鬼子又向他身上刺了几下，就抬着他们的四个尸体走了。

天黑下来了。鬼子退到河北岸的村子里去。张大娘就悄悄地拨开石洞口的矮树丛，爬出洞来。她浑身颤抖地来到勇士的身边。这时赵大祥静静地躺在血泊里，张大娘落下了眼泪，低低地说：

"多么勇敢的战士啊！要是他还活着该多好呀！哎！他牺牲了！"

张大娘在赵大祥身边默站了一会。擦干了眼泪，向小村走去。她本来是去家里取些吃的东西的，她想在回来时带一把铁锨，准备好好地把这个勇敢的战士埋葬，这样好的战士，难道能叫他露尸田野么？不能这样，她应该把他很好地埋葬。

张大娘回到自己的家里。家里被鬼子汉奸糟蹋得不像样子，门板被摘去了，木箱被砸得粉碎，院子里到处是鸡毛，因为鬼子常来捉大娘的鸡吃，张大娘的四只心爱的母鸡都叫鬼子吃光了。吃的东西藏得严密些，总算没有叫敌人找到。她拿出些吃的东西，扛着一个铁锨，就走出村子。这时，另外也有两个老人到家里取东西，和张大娘走在一起。张大娘向南山坡走着，忽然看到在月光下一个黑影向这边爬来，随着黑影的移动，还传出一阵阵呻吟。开始，三个老人还没有注意，可是当看见了黑影已经爬到跟前了。只见这黑影突然从地上站了起来，这人满脸满身都是血淋淋的。在这黑天半夜里，看到这样恐怖的形象，另外两个迷信的老人害怕，吓得拔腿就向远处跑了。可是张大娘却站在那里没有动。当然，这人出现的那一瞬间，她也吓了一跳，可是仔细一看，她认出了这就是刚才和鬼子英勇搏斗，刺死了四个敌人，后来又叫鬼子刺倒的那个战士。现在这个战士向大娘低低地请求着：

"大……娘……我……渴得厉害，给我点……水喝吧！"

说着赵大祥已经站不住，又要倒下去，张大娘急忙上前扶住了他，嘴里喃喃地说：

"我的可怜的儿！跟我走吧，我给你烧水！"

大娘就扶着赵大祥，往小村走去。

原来刚才张大娘离开赵大祥以后，不一会，赵大祥渐渐地苏醒过来了。因为在白天他看到了这山坡附近有个小村，他就吃力地向村边爬来，现在才遇上老大娘。要知道他身上负了几处重伤，爬这半里山路是多艰难啊！张大娘扶着他走，由于他流血过多，浑身没有一丝力气，在走的过程里，他几乎整个地把身子倚在老人的身上。

张大娘把赵大祥带到家里，让他躺在屋里一堆碎草上，因为大娘的木床被敌人劈碎烧了。赵大祥倚着墙坐着。张大娘怕河北边村子的敌人看见灯光，所以没敢点灯。这时候，赵大祥干渴得再也忍受不住，就爬向水缸，想要一勺水喝，可是被大娘拦住了。

赵大祥央告着说："好大娘！我……真渴，让我……喝一点……"

张大娘说："好孩子！负伤人不能喝凉水呀！再忍一会，我给你烧水喝！"

张大娘靠墙根给赵大祥烧水，借着火光，她就给赵大祥包扎，看到赵大祥的伤口，张大娘心痛得又落泪了！她一边包扎一边低低地说：

"我的好儿，你的伤可不轻啊！"

水烧开了。张大娘用小勺子，一口口地喂到赵大祥的嘴里。喝过水后，赵大祥稍微平静一些。可是肚子饿了。张大娘又用这剩下的半壶开水，倒在小锅里，给他烧了两碗鸡蛋面汤，喂着赵大祥吃了。这时天已经快亮了。

再不能在村子里待下去了。因为鬼子就住在河那边啊，说不定天一亮鬼子就会到这里来的。

赵大祥说："好大娘！找个地方，把我藏起来吧！"

张大娘说："有你大娘在，就有你在，我会把你藏起来的！"

张大娘收拾好东西。她挎了一筐干草，带了一些吃的，就扶着赵大祥，出了村子。到了南山坡的山洞里。大娘把干草铺在地上，叫赵大祥躺下，自己蹲在洞口守望着。洞口有几块乱石和草丛遮着，敌人是不容易找到的。

藏是藏好了，可是赵大祥的伤得治啊！他是已经死去又苏醒过来的人，伤太重了，不马上治疗，很快也会完的。张大娘蹲在洞口边，听着赵大祥被伤口疼痛折磨的断断续续的呻吟声，在皱着眉头打主意。

"治疗就得用药啊！往哪里弄药呢？只能用土法来治了！"大娘想着，决定在村子里，或山坡上去找些草药。

这次敌人"扫荡"，鬼子对待老百姓又换了花样。过去的"三光"政策使他们见不到一个老百姓，因为他们未进庄，老百姓早跑光了，秘密地躲进山洞里，这次鬼子又换了"怀柔"政策，叫老百姓不要跑，回到家里不加杀害，企图把村干部和党员诱回以后，再动手逮捕。有些老百姓是回来了，可是都是些老头老妈妈，是回来看守家门，而青年和干部，党员都不回来。鬼子为了欺骗群众，对回家的老人，故意显出和气的样子。

大娘为了给赵大祥弄草药，这天白天，她回到自己的家里，当她正忙着找药材时，一群鬼子和汉奸来了。鬼子一进门，看到地上还有昨晚赵大祥留下的血迹，就怀疑起张大娘。汉奸问张大娘：

"你家藏有八路的伤兵！"

鬼子用刺刀对着张大娘的前胸，咕噜了一阵，汉奸在旁边说：

"太君说，快把八路伤兵交出来。不然就要把你刺死！"

张大娘胸前的衣服，已经触到鬼子的刺刀尖了，刺刀再往前一点，就插到大娘的皮肉里了。张大娘面对着寒光逼人的刺刀，虽然心里感到一阵阵发凉，可是她连眼睛也不眨地对鬼子说：

"我没见什么八路伤兵！"

汉奸说："这血是从哪里来的呢？"

大娘说："这是前天你们来捉我的鸡，杀鸡能不流流血吗？"

鬼子听过汉奸的翻译，把刺刀缩回了，因为这个鬼子前几天确实来捉过鸡的，有一次捉不住，他就用枪把母鸡打死了。可是鬼子和汉奸还是有点不相信。汉奸就用枪托、棍子向张大娘身上打起来。

棍子从东边打过来，张大娘倒向西边；棍子又从西边打过来，大娘又倒向东边。最后大娘站不住了，跌倒在地上。汉奸又用棍子从上边打下来，每打一下，大娘就叫唤一声，一下下像红烙铁烙在身上一样疼痛。可是任汉奸怎样打她，她咬住牙只有一句话：

"我不知道什么伤兵！"

张大娘的家离赵大祥藏身的山洞，只有半里路远。鬼子、汉奸拷打大娘的声音，赵大祥听得清清楚楚，大娘的每一声喊叫，都在撕着他的心，像敌人的棍子打在自己身上一样。

拷打声停了，再听不到张大娘的叫声了。大娘怎么样了呢？赵大祥完全忘记了自己伤口的痛苦，他在为大娘的安全担心。他的心感到极度的紧张和不安，不安得甚至呼吸都窒息了。他一度又昏迷过去。当他一恢复知觉，他就向洞口爬去。张大娘怎么样了啊？

洞口的草丛一动，张大娘侧身进来了。她和出洞时完全两个样了。她浑身上下都是泥和血，衣服被撕破了，被撕碎的衣服里流出血来，脸上是一道道的紫色血痕。赵大祥是个多么倔强的人啊，下午他和那么多鬼子拼，没有皱过一下眉头，可是现在一看到遍体鳞伤的张大娘时，给他带来的不安和痛苦，一下都从这泪水里倾泻出来了，他一边哭一边说：

"大娘，你为我受苦了！"

笑容从大娘满布伤痕的脸上浮现出来。她爱抚着赵大祥的头，低低地说：

"孩子，只要你好好的就行了！"

说罢，她就把赵大祥扶到草铺上躺下，为大祥敷药。原来，刚才她被拷打后，敌人走远了。她从地上爬起来就又去找药。现在她是带着草药回洞的。

张大娘天天给赵大祥的伤口上敷着草药。她把收藏的所有的细粮都拿出来给赵大祥吃了。

秋天的天气还是有一阵热的，洞里又不通风，显得闷热。赵大祥的伤口溃烂了，张大娘就用草药煮的水为他洗伤口，为了免于招苍蝇，她用蓖麻叶子贴住伤口，洞子里空气很不好，可是张大娘寸步不离地守在赵大祥身边。赵大祥由于伤重不能移动，大小便都是由张大娘端出去。到洞外很远的地方，悄悄埋掉。每逢这时候赵大祥感到很不安，张大娘劝他不要激动，要他静心休养。她安慰赵大祥说：

"只要你伤好了，大娘也就安心了。"

可是赵大祥的伤太重了，他经常被伤口的疼痛，折磨得昏过去。大娘看着昏迷不醒的赵大祥，就落下了眼泪。一当他醒过来了，大娘的脸上才浮出了笑容。就这样，在大娘耐心的亲切的无微不至的照顾下，赵大祥的身体一天天好起来。

时间过去了半个月，赵大祥已经可以坐起来了。

因为有几处伤太重，又伤着了骨头，光用草药是不行的，必须到医院去动手术才行。张大娘这天在小村边遇到几个邻舍，她从他们口中知道在赤石崮北边几个山峪里，有个咱们的地下医院。鬼子刚"扫荡"时，小村里还有人往那里抬送过伤员。

张大娘决定到那山峪里的村庄去一趟，可是群众已经空舍清野。不仅群众都躲进山沟，就是伤员也都像赵大祥一样被秘密地藏到山洞里了，就是去了，恐也找不到人的。可是为了赵大祥的伤能早日好，她还是鼓着希望到那边去了。

白天，满山遍野是进行"清剿"的鬼子，她是不好通过的。因此张大娘决定夜里摸过去。她想，夜里既可以躲过鬼子，同时也容易找到咱们自己人，因为在"扫荡"期间，咱们的部队多半是夜间活动的。到那里也许能够碰上自己的部队或医院的人员的。

这天夜里，天漆黑，张大娘给赵大祥上好了药，就出了洞，向北山找医院去了。她悄悄地涉过了小村后的河流，向北山坡上爬去。由于夜黑，路难走，她经常被石头绊倒，有时跌下了石崖，手被石头碰破了，身子被荆棘刺伤了。她顾不得这些，站起来，就又吃力地向北山上爬去。只有屹立在夜色里的赤石崮，才知道张大娘是怎样顽强地在漆黑的山路上跌爬着，最后终于爬上赤石崮左边的一溜山岭，再一下坡就是那条山峪了。她摸着黑，好不容易来到山峪里的山村。一看山村，她的心冷了。这个村子，大部分房子被鬼子烧了，只剩下了一个个空的屋框，四下一点动静也没有。被敌人摧残后的山村是这么冷清，眼前的一切证实她来以前的预料。在这里确实找不到一个人。

张大娘知道，山村的人们都躲进山洞了。她坐在山坡上，忍受着秋夜的风寒，坐在山坡上，静静观察和倾听着周围的动静。要是她一听到周围的地方有些什么声响，她就向那里摸去，想找到一个藏人的山洞，问问这里是否住有咱们的医院。她在夜的山坡上爬来爬去，膝盖处裤子都磨破了，可是一个山洞都没有找到。

到处都静悄悄的，只有秋虫在夜的暗处吱吱地奏着低微的音乐。

天快亮了。张大娘得往回走了，因为天亮以后就不能通过山峪了。要是她被阻留在这里，就是敌人不杀害她，一想到赵大祥一整天没有饭吃，伤口没有换药，急也要把她老人家急死了。

她摸着黑，翻过山梁，来到了自己的山峪。涉过村后的河流，又回到南山坡的山洞里去了。她一夜没有合眼，累得浑身酸痛，一进洞口，大娘就跌倒了。这时赵大祥已经睡熟了。大娘休息了一会，就带着满身疲惫，又挣扎起来去给赵大祥准备早饭了。

白天伺候了赵大祥一天，晚上，张大娘又翻过了赤石崮左边的大山岭，到那条山峪的夜的山坡上，在观察和等待着。她想，要是这里住有咱们的伤员，咱们的人就不会不到这里来，她坚持地在这里等着。

张大娘又等了一晚，还是没有看到自己人，闷闷地又回到自己的山洞里。

第三夜，张大娘又去了。这一夜她累得实在支持不住了，就坐在山坡上的一块石头上，垂着头打盹。这时一阵窸窸窣窣碎石的撞击声，把她从蒙眬中惊醒，她马上把身体伏在两块大石头的缝隙里，向身后发出声响的山坡上望去。

张大娘看着山脊梁上，迎着布满秋星的天幕上，有几个人影在蠕动着。仿佛看到黑影还有一副担架，大娘兴奋得心都跳起来。她心里说：“这一定是自己人了！要是敌人，还能这样悄悄地抬着人走吗？而且这里也没有路啊！”

黑影渐渐走近了，她看得更清楚了，担架后的人有的还提着些什么，只见一个黑影向担架上弯弯腰，低而亲切的声音传来：

“同志，忍着点，马上就到了。到山洞里，就动手给你上药！”

一听到这声音，是自己人是毫无问题了，张大娘急得从石缝里站起来，就向那几个黑影跑过去。

突然黑影都不见了，他们都伏在地上了。紧接着一阵拉枪栓声，有人在低低地但是却很严厉地问：

"谁，站住！要开枪了！"

张大娘没有听话，她没有站住，还是向前跑，因为她生怕丢掉这个机会，就再也找不到自己人了。不过她一边跑，却一边低低地答话：

"同志，不要开枪！是我，我是你们的大娘！"

伏在地上的人们一听是个老大娘的声音，才放了心，把伸出的枪缩回去了，又都慢慢地站起来。

张大娘跑到一个同志的面前，一下抓住这个同志的手，急切地说：

"同志，在那边，还有你们的一个同志，伤得很重！我把他藏了半个月，快跟我去抬来治治吧！"为了怕对方不相信自己的话，她又叨叨地说下去："这战士可勇敢了！我在山洞里瞪着眼看着他和鬼子拼了两个钟头的刺刀，刺死四五个鬼子，多好的一个同志啊！可得给他治好，为这事我在这等你们三夜了！"

领队人看到老大娘诚挚而又激动的神情和叙述，这是不会有假的。就派了两个战士，一副担架，跟着老大娘走了。

赵大祥看到自己的部队派人来抬他进医院，他是高兴的，可是要离开山洞和张大娘了，他又不禁难过起来。在这山洞的半个月，他是在极艰苦中度过的，这里的一切是多么的难忘啊！但最难忘的是张大娘，她老人家忍受着难言的痛苦，冒着生命的危险，不仅用着草药为他治疗，更重要的是用她那崇高的热爱革命战士的慈母的心，在温暖着他，把他从死亡边缘挽救过来。现在要分开了，赵大祥难言难舍地拉着张大娘的手，激动得说不出话来。

张大娘安慰赵大祥说："好孩子，到医院去安心休养，你好了咱娘们还能见面。"

赵大祥刚上担架，就一下扑到张大娘的面前，激动地说：

"大娘，我会来的。你把我从垂死中救活，你就是我再生的娘，从此以后我就是你的儿，我伤好后就来看你。"

几个月以后，赵大祥的伤治好了。在战斗的空隙，他提着些礼物来看张大娘，一进门就叫："娘!"真像亲生的母子会见那样亲热。张大娘又勉励赵大祥好好干革命，在战斗中要勇敢地消灭敌人，完成任务，可是也要注意自己的安全。

日本鬼子投降以后，由于赵大祥负伤过重，身体很虚弱，领导就劝他复员到地方上工作。他就在西蒙山一带住下来。本来他要到张大娘这里来的，紧接着解放战争开始了，蒋匪又向沂蒙山区作重点进攻，山区的战斗很激烈。由于敌人的封锁，张大娘和赵大祥远隔在两个地区，虽然不能住在一起，可是赵大祥总是想着张大娘。

这时候，赵大祥和当地的一个姑娘结了婚，解放战争结束后，他已经有了个儿子，起名叫"胜利"。这一天，赵大祥对着孩子和妻子说：

"咱们收拾一下，回家去和咱们的老娘一道住吧!"

妻子说："要回山西吗？你不是说过自小失去父母，家里没有什么亲人了?"

赵大祥说："在这东边的山区里，还有咱们一个老娘，她待我比亲生母还要亲。"

第二天，赵大祥就和他的妻子、孩子，到张大娘这个小村安家落户了。他守在张大娘的身边，参加沂蒙山区的社会主义建设了。

现在赵大祥是村里的党支部委员，领导一个生产队，这个队的生产一向是全大队的红旗。眼前他已是三个孩子的爸爸，张大娘对待他的三个孩子比自己的亲生孙子还要亲些。

赵大祥谈完了上边的一段故事，夏夜已经很深了。这时满天的星斗闪烁着，显得分外的明亮。夜的远处的树丛里，传来了几声鸟儿的低声咕叫，大概他们已睡醒了一觉，和伙伴在幸福的窃窃私语。夜很静，一阵微风掠过，扑的一声轻响，一枚成熟的桃子坠地了。

刚谈完故事的赵大祥，黑脸上有着一种兴奋的神情，他以孝顺的眼睛看了一会张大娘，关切地说：

"娘，夜深风凉，该再穿一件褂子，别叫冻着!"接着他又笑望着我说:"老弟，你听了我的故事，就不会奇怪我刚才为什么一进门把她老人家称作'娘'了吧。"说到这里，他又兴奋地说:"现在沂蒙山区就是我的家，我要守着老娘，在这里参加山区的建设!"

张大娘也笑着说:"半路上拾了个大儿子可真孝顺啊!他现在干农业也很有劲啊!"

我激动地对张大娘说:"你老人家太好了，你真是我们革命战士的好母亲。能和你常在一起，真是幸福。"

张大娘笑着说:"这也是你们好啊，你们辛辛苦苦地干革命，大娘还不应照顾一下么?"

直到这时，我才发觉我的周围人数增多了，围绕着张大娘整整又坐了一圈人。我看到这里不仅有大娘的女儿和她的外孙，我又看到一个中年妇人带着三个孩子坐在大家的身边，他们也很有兴趣地听着丈夫和爸爸在战斗年月里和张大娘的一段故事。

我望着这桃树下的人群，感到这是多么幸福的一个新的家庭啊!我现在仿佛也是这个家庭的一员。为此，我感到温暖和幸福。我再一次亲切地看着张大娘的脸孔，她虽然还很健壮，可是毕竟是六十多岁的人了。我关切地对老人说:

"大娘，您也该好好休息一下了!"

没有等大娘回话，赵大祥就插进来说:"休息?我也常劝她年纪大了，要多休息，她才不休息呢，我们支部决定让她进敬老院，可她怎么也不去。她要求到幼儿园去了。老弟，她老人家把幼儿园搞得真出色，孩子们一见到她，就像喜鹊一样，叫着'奶奶'!"

张大娘说:"想想过去的艰苦日子，现在就得更加劲建设，把咱沂蒙山区建设得好好的。现在大家在党的领导下，干得热火朝天，我能闲着么?要叫我闲着，我可受不住。人老了，不能干重活，干点轻活总可以啊，青壮年在农业第一线猛干，老年人在家帮着看看孩子还不是本分么?"

我说:"大娘，你在艰苦的战斗年月，以高度的热爱照顾我们的革命战士，在这社会主义建设时期，你又以高度的热情来培养后一代了。"

张大娘说："一切都是党的领导和培养啊！"

六、解放

我在张大娘家里住了两天，这当然是我最愉快的两天。可是由于工作关系，我不能在这里久留，在第三天的清晨，我就向大娘告别上道了。在走前我把她的名字（过去我们只管叫她"大娘"是不晓得她的名字的），还有地址都记下来，准备以后通信；同时我也为她和赵大祥拍了几张照片，回去分送给我的老战友。他们由于工作忙，不能像我一样来亲自拜访张大娘，可是他们心里又是多么想见见她老人家的面呀！

我站在山坡上，也向大娘喊着："大娘再见，以后我还来看你！"

我向大娘挥挥手，就沿着崎岖的山道向着山上走去。当我再依恋地回头看时，小河已被浓郁的树丛遮住。张大娘和赵大祥的身影也没在绿树林里了。一看不到敬爱的大娘，我的鼻子不觉一阵阵酸起来。

我又向山上爬去。这时右前方的山头上，巍峨的赤石崮正映着朝阳，挡在我面前的是赤石崮向西边伸展的一条横山梁。我要翻过这座大山，才能看到对面那条山峪，这就是赵大祥曾经在那里养过伤的地方，同时也是我来时路上遇到的一个将军的儿子诞生的地方。那个被年轻人称作爷爷的老大爷和我约好了，我得到那里看看这个热情爽朗的老人，看看那个青年的诞生地，顺便问问曾经救过我们的一个武书记住的庄子。书记就住在这一带山村，说不定他们会知道的。

一离开张大娘，随着我心情的怅惘，两腿也走得吃力了，不像来时那样带劲了。因为我是多么留恋这个曾经战斗过的地方，又是多么不愿意离开救过我们的张大娘啊!

这条山路也很难走,又狭又陡,一不小心就会跌到悬崖底下。我小心地慢慢地走了一会,已经气喘吁吁,汗从脸上流下来。我不由得想起了赵大祥谈的张大娘救他的故事。大娘为了把她救活的赵大祥送到自己的医院,做进一步的治疗,在那敌人"扫荡",到处布满惊恐的夜晚,一连三个晚上,从这里三次爬难行的山路,去找自己的部队。天又黑,路又这么难走,她老人家是怎样三次翻过这座高山的啊!为了救活革命战士,她冒着生命危险,又付出了多么大的艰辛啊!

我好不容易爬上了大山的背脊,再有几里路,就到我要去的山村。由于对这边山峪的难舍心情,我就在一棵松树下的石头上坐下来。想在这里再好好地看一看这条有亲爱的张大娘的山峪。

我坐在松树的阴凉里,俯瞰着刚刚走过来的山峪,闪着阳光的小河在绿色的果林中间静静地流着,河两岸是一望无边的成行的果林。这里有苹果、桃子、梨、柿子、胡桃……各种果树上都结满丰硕的果实。在山坡上有着一层层一块块的梯田,梯田上长着粗壮的秋庄稼;没有梯田的山体上,是一片片长有一尺多深的红草,草丛间开着红的、白的、紫的野花;成群的牛羊像颜色不同的云朵一样,在野生的花草间,忽隐忽现。多么美丽的山峪啊!

我向小河南岸望去,望着那个难忘的小村。我想这时候,爱我的张大娘已经被赵大祥搀扶着回到家了吧,我再向小村的南山坡望去,山坡上有张大娘救赵大祥的小山洞。在山洞的稍上边,就是突围七八天的饥寒交迫的我们的隐蔽地。我们在那里吃着张大娘拼死抢出来的冷地瓜。那顿地瓜当时吃起来,是有多么香甜啊!

一看到这个南山坡,就又勾起了我 1941 年反"扫荡"中那一段战斗生活的记忆。由于想到当时救助我们的张大娘,突然又一个崇高的武书记的英雄形象映入我的脑际。我一下子就坠入我来拜访张大娘的路上,所想到的那一段战斗突围的思绪里了。

……

1961 年 3 月 26 日于沂水东岭

附录二

人民，我的母亲

郭伍士

我原在"山纵"司令部当侦察员，组织上安排我到抗大一分校学习。1941 年秋天，敌人"扫荡"开始后，我在从学校返回部队的途中，被裹进了敌人的包围圈。我随从我军的一支部队，从敌人的空隙中转移到沂水县金泉区西墙峪村。这时，敌人的枪炮声仍不断传来，为了冲出敌人的包围圈，营首长决定向甄家疃一带转移。为了避免和敌人遭遇，营长派我先到桃棵子一带侦察一下。

我顺着挡阳柱山东坡往北走，留神察看四周情况，发现几里外的山上都有敌人，七八里外的几个村子正冒黑烟。还好，近处没有敌人，我的脚步不由加快了。谁知，就在我刚刚翻上一道沟坎的时候，突然从前边一个山崖上，转过来几个鬼子。我还没来得及隐蔽，他们一齐朝我开了枪，我的身子猛一震，眼前一溜火花就倒下了。我知道自己负了伤，想赶快爬起来，可是身子不听使唤。这时，两个恶狼一般的敌人扑了过来，端着明晃晃的刺刀，哇哇叫着朝我刺来，我失去了知觉。

不知过了多长时间，我才从昏迷中慢慢醒来。我觉得天旋地转，身子像躺在千万把刀尖上，口里和心窝里，都像有块烧红的铁，我只想猛喝一顿水。

我慢慢睁开了眼睛，见太阳偏西了。西山上，传来激烈的枪声，我猛地想到，不好，我们的部队可能又跟敌人遭遇了，我还活着，应该去赶部队。我拼上最大的力气，好歹坐了起来。就在这空当，猛听见身边有脚步声，我以为又是敌人来了，就伸手抓石头，想跟他们拼。还没等我扭过身子，那人已经来到我身边，低声说："同志，同志！你还活着……"我吃力地睁开眼一看，见是一位老汉蹲在我的身边，放了心。在战争年代，八路军不管走到哪里见了老百姓，就像见了自己的亲人。这时，我的身子一软，靠在了大爷的身上，口里想说喝水，不知怎么就是说不出。我用手一摸，口边全是血。大爷忙扶住我，让我别动。他一边给我包腿上和胳膊上的伤，一边说："同志，我知道淌了血的人想喝水，可这里哪有水啊！我叫张恒兰，家是南墙峪的。我到这里放羊，羊群被敌人冲散了，我找羊，见你躺在这里，我真以为你……谁知我下腰摸了摸你心口窝，还热乎。我想把你背走，可到处是敌人，我就把你用草盖了盖。这阵子敌人都上了西山，我给你包好伤，快离开这里……"我听了张恒兰大爷的话，低头一看，这才看到身上盖了一些山草。我两眼看着这位救我的放羊人，心里有千言万语想向他倾诉，可是什么也说不出。

我身上有7处伤口。当时我觉得最厉害的是脖子上和肚子上的伤。左胳膊上、腿上那几处伤，没伤着骨头，可是肚子上那个伤口很大，花红的肠子往外翻着。我知道，肠子断了，生命就危险。我把肠子塞进腹内，张恒兰大爷用我的褂子把这个伤口扎住。

大爷扶我站了起来，把放羊鞭塞进我的手里，说："敌人说不定啥时候就来，你快离开这里！我村离这里远，你先到桃棵子村去。"大爷向北一指："那不，往北走几百步就是村头。我赶着羊太招眼，我往南把敌人引开，来掩护你。"

我点了点头，艰难地拄着放羊鞭杆，移动着沉重的脚步。到桃棵子村头这几百步远，要是往日，我一口气就跑到了，可是今日不行了。我每走一步,都得用上全身的力气,眼前一阵阵发黑,身子老要倒下去。我知道,天黑前找不到乡亲,喝不上水,就活不成了。我拼上全身的力气,一步一步往村子方向挪动。好不容易到了桃棵子村头,心里却凉了半截:村里空荡荡的,一个人影也不见。我一连走过几个人家的大门口,全部锁着门。是啊,鬼子在这一带来回闹腾了好几天,谁还不进山藏起来呢?我忍着疼痛和干渴,又往前走。桃棵子村在一条几里长的山峪里,几十户人家,三家一堆五家一团,住得很分散,从这几家到另几家,往往要上沟爬崖。我的褂子扯下来包了伤口,深秋的风吹得我直发抖,加上口干心热,伤口疼痛,我两眼直发黑。我倚在一块大石头上喘了一阵子气,又强支起身子,往前边的一户人家走去。

真没想到,这家的门开着。我也不知自己哪儿来的力气,几步冲进了院子。进院一看,这家的屋门也没上锁,屋里还冒出点烟。就在这时,从屋里走出一位五十岁上下的大娘。她高高的个儿,穿着一件土布浅蓝褂子。她看见了我,猛地站住了,手里端着的一个瓢"当啷"一声掉在地上。我知道,她一定是被我这个血人吓懵(蒙)了。我想向大娘说,我是个八路军,负了伤……可是口不听使唤,怎么也张不开。

大娘很快明白过来了。她口里说着:"你,你,我的老天爷……"几步抢了过来,扶住了我摇晃欲倒的身子。我全身的力气不知跑到哪里去了,像来到了自己母亲的身边,两腿一软,就要倒下。大娘用尽力气把我架进了屋里,让我躺在锅灶前的一堆柴禾(火)上。

这时候,伤痛不在话下了,我缺的是水!我觉得,再有一会喝不上水,心里那团火就会把我烧焦!我抓住大娘的手,指指锅台上的黑燎壶,又指指我的嘴。大娘明白了我的意思,赶快倒了一碗水,要往我嘴边送。这时就听那边炕上一个老人说:"看你,越急越糊涂。同志淌了血,水里要加盐!"说这话的是大娘的老伴,他正发疟疾。大娘听了,急忙从锅台角的一个小泥瓦罐里捏了些盐，放进温开水里。.

　　救命的水，放到我的嘴边了，我真恨不得一口把这碗水喝下去。可是，大娘用盅子往我嘴里倒的水，一点也流不进我的喉咙里。我急得用手指嘴，大娘才知道我嘴里有东西挡着，忙放下碗，坐下来，把我的头轻轻放在她的怀里，仔细看了一下我的嘴，轻声说了句："俺的娘……"原来子弹从我的口部射入、颈部穿出，几个门牙被子弹打断，和血粘在一块，把我的口填满了。大娘的目光四下扫了一下，像是要找个人帮忙。可是找谁呢？西山上的枪还一阵阵响，说不定敌人会一步闯进来，一家人就全完了！大娘的嘴唇有点发颤，脸上冒着汗，她伸出一个指头，轻轻地伸进了我的嘴里，慢慢往外抠，一下子把粘着碎牙的血团抠了出来。她长出了一口气，又端过水来往我口里倒。水，这才流进我的肚子里。我被"火"烧裂了的口，烧焦了的心，一下子遇上了救命水，那个滋味，只有遇上我这种情况的人才能体会到。

　　大娘一盅一盅喂我水，扑灭了我全身的"大火"。到这时候，我才觉得，生命又属于我的了。我像小时候得了重病偎在母亲的怀里一样，头靠在大娘的身上，一口一口地喝着水，滚烫的泪珠，也顺着我的两个眼角流到我的腮边，滴在大娘的怀里。生我的母亲已不在人间了，我这个八路军战士，今天是躺在沂蒙山区另一位母亲的身边。

　　大娘一连喂了我三四碗水，我还张口要喝。正在这时，门外突然响起了脚步声，大娘一惊，忙把我的头挪开，站起身几步出了屋，顺手把门带上了。就听有人在院里说："婶子，快！敌人从西山上下来了，俺叔的病怎么样了？快把他背到山沟里躲一躲吧！"

　　大娘没吭声，把门一开，跟进来了三个青年人。大娘指了指我，又看了看那三个人，我当时一楞 (愣)，想爬起来。大娘忙扶住我说："别怕。这都是我的侄子，他叫张恒军，他叫张恒宾，他叫张恒玉，他们来了就好办了。"

　　三个人一见我,也惊呆了。张恒军说:"日头落了,鬼子准在咱庄落脚,快把同志藏起来吧,万一出了事,同志完了,咱全村也完了!"大娘为难地说:"近便地方也没挖下洞子,同志伤得这么厉害,可把他放在哪里呀?"张恒玉说:"我估摸,现在天黑了,敌人不会到村外乱翻腾,先把同志抬到庄后那个看山屋子里吧。""行。"张恒宾说,"恒玉你先去看看路,恒军你背着同志走,我把咱叔背出去。""先把同志抬出去安顿好。"张大爷在炕上说,"我一个病老头子,怕啥?"大娘也说:"对,你们快走,只要把同志藏严实了,咱什么也不怕。""那好。"张恒军说,"俺走,您收拾一下,也得出去躲一躲。"大娘像没听见,走到我身边,把我搀扶起来,让张恒军背着。她嘱咐了他们几句后又对我说:"同志,你藏好,千万别出来,外边的事有我们。"

　　张恒军他们把我背到村北一个小屋子里,在我身上盖上了很厚的草。他们走后,天渐渐黑了下来,我因为喝了水,身上和心里,好受得多了,不知不觉睡着了。我做了一个梦,梦见我们的部队与敌人搅在一块,我和敌人拼刺刀,负了伤倒在地上,好几个敌人端着刺刀向我刺来⋯⋯我猛地醒了,发现自己躺在柴草堆里,四面黑洞洞的。我糊里糊涂地爬出屋子,任性地往村子里去,想去找大娘再要水喝。

　　刚到村头,突然从一块黑乎乎的大石头后跳出两个人来,架起我就跑,一口气爬上了北山,把我放在一道沟崖下的一个大垛山草边。我仔细一看那两个人,一个是张恒军,一个是张恒宾。张恒军上气不接下气地说:"咳,看你!真险呀,村子里住上了一帮鬼子,正在俺婶子家后边支锅做饭,俺婶子怕你乱走,叫俺俩避在那里看着点。想不到你真⋯⋯"我一听,才清醒了,不禁吃了一惊,我几乎闯下塌天大祸,要不是大娘想得周到,非一头撞进敌人堆里不可。那不只是我得死,全村也得遭殃。

　　我在草垛里躺了一夜。第二天,敌人走了,张恒军又把我背到大娘家里。大娘烧了盐水,给我洗了全身的伤口,又包扎起来。

　　这一带是我们的老根据地。敌人这次"扫荡"沂蒙山区，是想把我军主力和领导机关消灭在这里。他们扑了空，还不死心，三天两头到这一带乱转。敌人来了，乡亲们都到山里与敌人转山头。我浑身是伤，有时还昏迷不醒，有时自己又控制不住自己，乱喊乱叫，乱爬乱走。这可把大娘愁坏了，把我藏在哪里好呢？后来，她和张恒军几个人商量，把我藏在村西一块大卧牛石下的一个洞子里。这个洞子是村里人挖的，给不便走动的妇女、老人藏身用的。现在他们让妇女、老人全部进山，把洞子让给了我。大娘把洞子里收拾好，铺些草，敌人一来，就把我背到这里，再叫张恒军他们从外边把洞口用石块垒起来。大娘守在我身边，喂水喂饭，她对我说："咱娘俩的命如今是一条，你放心，有我就有你。"

　　天天躲敌人，已经够大娘操心的了，可还有一件叫大娘犯难的事，就是我的吃饭问题。这里山岭薄地，本来家家粮食不多。这两年，我们八路军和地方抗日民主政府又常在这一带住，群众都紧着腰带，把粮食和干菜拿出来支援了我们，再加上敌人这一气大"扫荡"，烧杀抢掠，弄得家家连糠菜都吃不上。大娘家好几口人，天天吃的是糠团子和地瓜秧，就是发疟疾的大爷，也吃不上口真米真面的饭，可是大娘因我流了血，牙又被打掉了，就把自己像藏金银一样藏的一点面，一回拿出一点来，做成面糊糊来喂我。我吃了面糊，她把锅上的糊锅巴用水泡下来，给大爷吃，而她自己却吃糠团子。为了给我补身子，她竟然把自家唯一的母鸡也杀了。后来，她自己家的那点面吃完了，她又东家凑一点，西家要一点，来喂我。过了几天，实在没得吃了，她就晚上纺线，白天到敌人占据的院东头或姚店子集上把线卖了，换点米、面给我吃。

　　因为没医没药，洞子里又潮湿、闷热，过了十天，我的几处伤口化了脓，身子不能动弹了。我整天躺着，屎尿全在身子底下，再加上伤口流出的脓和血，那个气味我自己都受不了，可是大娘却不声不响，天天给我擦洗，一次又一次给我包伤口。我全身发烧，处于半昏迷状态，又一次到了死亡的边缘。

这一天，敌人没有来。大娘把我背到院子里的太阳地里。大娘开始给我擦伤口流出的脓。当她解开我肚子上包扎的布条时，不由"啊"了一声，脸色变得蜡黄。原来，她看到从我伤口里，爬出了一条条长蛆。

我知道我的伤口恶化了，这里少医没药，还天天躲敌人，自己是难熬过来了。说真的，一来我不想再给大娘家带来危险和麻烦，二来我也受够了罪，心想，不如死了算了。我朝大娘指指我的伤口，摆了摆手，意思是说我的伤没法治了，你不要再为我受苦受累了。大娘像没看见我的手势，用衣服给我盖了盖，沉思了一会，蓦地转身出去了。

我昏昏沉沉，不知过了多少时间，忽然觉得我肚子上的伤口发凉。我慢慢睁开了眼，见大娘跪在我身边，手里拿着揉搓了的菜叶，往我伤口里挤汁。她告诉我，过去她们家咸菜缸里招了蛆，就采些芸豆叶子放进去，蛆就被引出来。她刚才出去，就是采秋芸豆叶子的。芸豆叶汁滴进我的伤口里，一个个的蛆开始往外爬了。我躺在阳光下，两眼望着这少言寡语的大娘，仿佛看到了我的生身母亲，要是我母亲今日在这里，她能比大娘多做些什么呢？这不就是我的母亲吗？想到这里，我的两眼模糊，鼻子一酸，泪水滚了下来。

"好了，好了，蛆都出来了，同志，你有救了！"大娘这才抬起头来看了看我，见我的腮边沾满了泪水，老人家的泪珠也往外滴。

大娘又一次把我从死亡的边缘拉了回来。过了二十来天，我的伤口开始好转了，这时斗争形势也开始好转。又过了两天，张恒军打听到一个消息：八路军一个医院已经到了北边的中峪村，离这里有十里，中间隔着一座大山，他们决定把我送到那里去治疗。我噙着眼泪离开了这里的乡亲，离开了几次把我从死亡中救过来的大娘祖秀莲。这天黑夜，张恒军他们抬着我上医院。临走时，大娘给我盖上衣服，千嘱咐万嘱咐要我养好伤，好打日本鬼子，以后不管走到山南海北，一定捎个信来，我们走出很远了，我还仿佛看见大娘含着泪站在村头。

我在医院养好了伤，重返部队。1947 年，根据工作的需要，我复员了。好多和我一块复员的同志，都回到自己的家乡去了。我家是山西省，从 1937 年我走进革命队伍，就离开了她，思念家乡的心情是很急切的。但我想来想去，决定回我第二个故乡——沂蒙山区。我先在沂南县住了几年，成了家口。后来，我就到了沂水县桃棵子村，终于找到了给了我第二次生命的祖秀莲大娘。我们夫妻认她做了母亲，我的孩子喊她奶奶。她呢，一直把我当亲生儿子看待。

母亲救护我的事情，一晃过去了四十年了，她老人家离开我们也两年多了。可是她的事迹，却一直在群众中传颂着，她的革命精神，继续激励着我。

附录三

愿亲人早日养好伤

舞剧《沂蒙颂》选曲

1=♭B 2/4

集 体 词
刘廷禹 曲

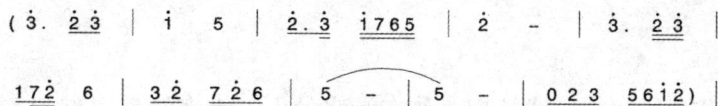

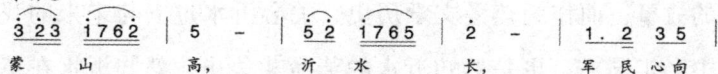

亲切地

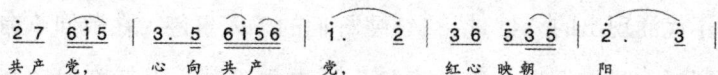

蒙 山 高，　沂 水 长，　军 民 心 向

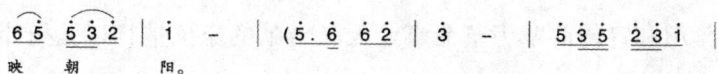

共产党，　心 向 共 产 党，　红心映朝 阳

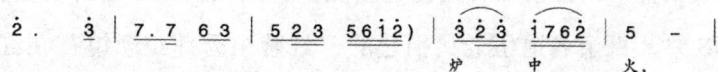

映 朝 阳。

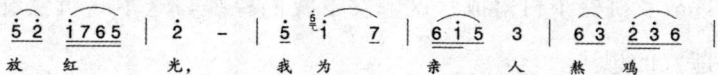

炉 中 火，

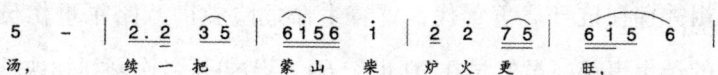

放 红 光，　我 为　亲 人 熬 鸡

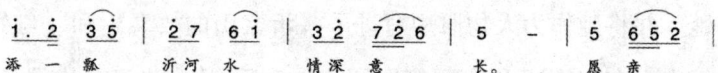

汤，　续一把 蒙山柴 炉火更 旺

添一瓢 沂河水 情深意 长。　愿亲

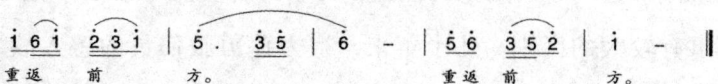

人 早日 养好 伤，　为人 民　求解 放

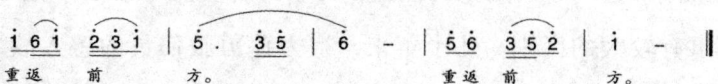

重返 前 方。　　　重返前 方。

编后语

  作为沂水人，或长期工作在沂水的人，大多知道"红嫂"祖秀莲的故事；而作为热爱文学历史、关心沂水过去与未来的我们这些中老年同志，更是熟知沂水的革命斗争史，熟知沂水在革命战争年代涌现出的"红哥""红嫂"们的感人事迹。在敬仰革命先辈的同时，我们深感今天的幸福生活来之不易，因而更加怀念他们。学习和宣传前辈为革命事业无私奉献的家国情怀，弘扬伟大的沂蒙精神，向社会和后代传递正能量，是我们义不容辞的责任。去年8月，百余名退伍老兵捐建的"红嫂祖秀莲纪念馆"在红嫂祖秀莲故乡桃棵子村落成，这触发了我们要编写这本《沂蒙红嫂祖秀莲》的想法。

  祖秀莲在抗日战争年代，冒着生命危险救助八路军重伤员郭伍士的英勇事迹，虽然早在20世纪60年代初著名作家刘知侠就采访过她，并将她作为人物原型写进了《沂蒙山的故事》和《红嫂》中，后来山东京剧团和中国舞剧团也先后到祖秀莲家乡桃棵子村体验生活，并在《红嫂》（《红云岗》）和《沂蒙颂》中成功地塑造推出了"红嫂"这一舞台形象。但是，文学人物和舞台形象毕竟与真人真事有较大的区别。几十年来，祖秀莲勇救伤员的感人故事，以真人真名真事被宣传报道的次数和篇幅并不多。为此，我们在进行了大量深入调查、采访知情人的基础上，以红嫂祖秀莲为中心，分别从不同的角度，多层面、真实地介绍了祖秀莲勇救伤员和郭伍士终生感恩的动人事迹，以及一些与之相关的事件、评论等。《沂蒙红嫂祖秀莲》的编写出版，既是对已故红嫂的纪念，也是对红嫂精神的传承。但愿本书能得到广大读者的喜爱，并对宣传沂蒙红嫂、弘扬红嫂精神起到应有的作用。

在采写和约稿过程中，我们得到了县、镇领导，有关部门和各位作者的大力支持帮助，在此表示衷心的感谢！我们的能力和水平有限，书中如有不妥之处，敬请读者谅解，并欢迎提出批评意见。

本书插图及附录内容由沂蒙红嫂祖秀莲纪念馆提供，在此表示感谢。

编　者

2016 年 9 月